Thich Nhat Hanh

Nenne mich bei meinen wahren Namen

Meditative Texte und Gedichte

Übertragen von Karen Siebert

Herder
Freiburg · Basel · Wien

Satz: DTP-Studio Helmut Quilitz
Herstellung: Freiburger Graphische Betriebe 1998
Umschlaggestaltung: Joseph Pölzelbauer
Umschlagbild: © Kaii Higashiyama
ISBN: 3-451-04579-6

INHALT

ERSTENS

DIE HISTORISCHE DIMENSION

ZWEITENS

DIE LETZTENDLICHE DIMENSION

Please call me by my true names

Berührst du tief die historische Dimension,
findest du dich wieder in der letztendlichen Dimension.
Berührst du die letztendliche Dimension,
so hast du die historische Dimension nicht verlassen.

ERSTENS

DIE HISTORISCHE DIMENSION

BOTSCHAFT

Das Leben hat seine Spuren auf meiner Stirn hinterlassen.
Aber heute morgen wurde ich wieder zum Kind.
Das Lächeln, das man durch die Blätter und Blumen sieht,
kehrt zurück und glättet die Falten,
gleich dem Regen, der Fußspuren am Strand verwischt.
Ein neuer Kreislauf von Geburt und Tod beginnt.

Erhobenen Hauptes wandle ich auf Dornen,
so sicher, als sei es ein Blumenfeld.
Verse erblühen inmitten des Lärms von Bomben und Mörsern.
Meine Tränen von gestern wurden zu Regen.
Voller Ruhe höre ich zu, wie er aufs Strohdach fällt.
Die Kindheit, mein Heimatland, ruft nach mir,
und der Regen spült meine Verzweiflung fort.

Ich bin noch immer hier, lebe und lächle ruhig.
Oh süße Frucht vom Baume des Leidens!
Die Leiche meines Bruders trage ich
im Dunkel der Nacht über das Reisfeld.
Die Erde wird dich fest in ihren Armen halten, Lieber,
und morgen schon gebiert sie dich neu als Blumen,
jene Blumen, die so still des Morgens lächeln auf dem Feld.
Dann weinst du nicht mehr, mein Lieber.
Zu tief war die Nacht, durch die wir gingen.

Heute morgen
knie ich nieder im Gras,
und ich spüre, daß du da bist.
Blumen, die jenes wundervolle Lächeln
des Unaussprechlichen in sich tragen,
sprechen zu mir in vollkommener Stille.

Die Botschaft,
jene Botschaft der Liebe und des Verstehens,
hat uns wirklich erreicht.

Geschrieben habe ich dieses Gedicht 1964 in Saigon. Es wurde 1966 von der Gesellschaft für Versöhnung als Weihnachtskarte gedruckt.

UNSER GRÜNER GARTEN

Feuersbrünste schießen empor
aus allen zehn Enden des Universums.
Ein wilder, scharfer Wind treibt sie von überall auf uns zu.
Fernab verharren Berge und Flüsse in ihrer Schönheit.
Der Horizont ringsum erglüht in den Farben des Todes.
Ich selbst, ja, ich lebe noch,
doch Körper und Seele winden sich in Qualen,
als stünden sie selbst in Flammen.
Meine Augen sind verdorrt – vergießen keine Tränen mehr.

Wohin gehst du heute abend, lieber Bruder, wohin?
Ganz nah ist das Knattern des Gewehrfeuers.
Gleich einer welkenden Blume, verdorrt unserer Mutter
das Herz in der Brust. Sie senkt das Haupt,
Fäden von Weiß durchziehen nun
ihr weiches schwarzes Haar.
Wie viele Nächte verbrachte sie wohl
zusammengekauert, hellwach, mit ihrer Laterne nur,
und betete, daß der Sturm ein Ende habe?

Liebster Bruder, ich weiß sehr wohl,
daß du es bist, der mich heute nacht erschießen wird
– eine Wunde im Herzen unserer Mutter,
die nie mehr heilt.
Oh ihr furchtbaren Winde, aus allen Teilen des Universums
stürmt ihr herbei, macht unsere Häuser dem Erdboden gleich,
raubt unseren Feldern die reife Frucht!

Ich sage meiner versengten, schwärzlich schwelenden Heimat adieu.
Hier, auf meine Brust, Bruder, ziel und schieß!
Meinen Körper geb ich hin, den unsere Mutter gebar und nährte.
Vernichte ihn, wenn du willst.
Vernichte ihn im Namen deines Traumes –
dieses Traumes, in dessen Namen du tötest.

Hörst du, wie ich dem Dunkel zurufe:
„Warum hat das Leiden ein Ende?
Oh Dunkelheit, in wessen Namen nur
verrichtest du dein Zerstörungswerk?"

Komm zurück, lieber Bruder, hock dich nieder
an unserer Mutter Knie.
Überlasse unseren grünen Garten nicht
den tobenden Flammen, die wilde Winde von weit her
in unseren Garten trieben.

Hier auf meine Brust, Bruder, ziel und schieß!
Vernichte mich, wenn du willst,
und erschaffe aus meinem faulenden Fleische,
was immer du dir wünschst.

Wer aber wird noch übrigbleiben, um einen Sieg zu feiern
aus Blut und Feuer?

Dieses Antikriegs-Gedicht schrieb ich zwischen 1964 und 1965. Es wurde in der buddhistischen Wochenzeitung *Hai Triều Am (Der Klang der steigenden Flut)* abgedruckt.

MUDRA

Höre nicht auf den Dichter.
In seinen Morgenkaffee fiel eine Träne.

Höre nicht auf mich.
Bitte nicht.
In meinem Morgenkaffee ist ein Tropfen Blut.
Schilt mich nicht dafür, Bruder,
daß ich keinen Schluck hinunterbekomme.
Die Luft in meinen Lungen ist gefroren.

Er sagte: „Laß mich durch deine Augen weinen,
denn ich habe keine Augen mehr.
Laß mich mit deinen Füßen gehen,
denn ich habe keine Füße."
Mit meinen Händen berühre ich deinen Alptraum.
Er sagte: „Ich bin gerettet.
Ich brauche keine Rettung mehr."
Rettung ist etwas für uns.

Meine Hand liegt auf dem Tisch,
still ruht das Universum.
Bitterlich weint noch immer der große Ozean.
Die fünf Berge halten Himmel und Erde
an ihrer alten Stelle.

Dort ganz oben hinter der Milchstraße
offenbaren sich die Geheimnisse des Universums.
Noch immer ruht meine rechte Hand auf dem Tisch
und wartet darauf, daß die Menschheit erwacht.

Nein, meine Hand wird nicht ihren Halt verlieren,
so wie die Muschelschale, die am Strand entlangtaumelt,
wie die Leiche eines Menschen,
den die Kugel hingestreckt.

Berg und Fluß
sind ihrem Fundament entrissen.
Himmlische Wesen sind unterwegs,
und es verebbt das immerwährende Murmeln
des großen Ozeans.

Meine Hand liegt noch immer auf dem Tisch,
und noch immer übertragen
die fünf Berge alles.
Das Geheimnis hat sich noch nicht offenbart.
Die himmlischen Körper sprechen weiter miteinander.
Noch immer liegt meine Hand auf dem Tisch,
wartet darauf, das Gleichgewicht
zwischen Himmel und Erde wiederherzustellen –
meine Hand,
diese kleine Hand
ist wie ein Berg.

Eine Mudra ist eine Handhaltung, die in der Meditation verwendet wird, um einen bestimmten Zustand zu erwecken. 1967 las ich dieses Gedicht und „Frieden" im Rathaus von New York City, gemeinsam mit Arthur Miller, Robert Lowell, Daniel Barrigan und 20 weiteren Dichtern. Der Satz „Höre nicht auf den Dichter" soll vermitteln, daß er sehr leidet und daß du, wenn du ihm zuhörst, auch leiden wirst. „Schilt mich nicht dafür, Bruder, daß ich keinen Schluck hinunterbekomme. Die Luft in meinen Lugen ist gefroren" bedeutet, daß du deinen Kaffee nicht genießen kannst, weil Blut in ihm ist. Der Mensch, der gestorben ist, teilt mir mit, daß er sich meine Augen ausleihen möchte, um zu weinen, denn er hat keine Augen mehr. Der Kriegsveteran, der nicht gehen kann, sagt: „Laß mich mit deinen Füßen gehen, denn ich habe keine Füße mehr." Ein Jahr später, als ich auf einer internationalen Konferenz in Montréal sprach, forderte ich: „Befreit uns von der Befreiung." Die Mudra in diesem Gedicht sieht so aus: Ich lege meine Hand auf den Tisch in der Form eines Berges. Wir müssen sehr standhaft sein, sehr gesammelt, um unsere Festigkeit zu bewahren – sonst verlieren wir unser Gleichgewicht.

ERFAHRUNG

Ich bin gekommen, um bei euch zu sein,
mit euch zu weinen
über unser verwüstetes Land
und unser zerstörtes Leben.
Es bleibt uns nur Trauer und Schmerz,
aber nehmt meine Hand
und haltet sie fest, haltet sie.
Nur einfache Worte will ich euch sagen.
Habt Mut. Wir brauchen Mut,
und sei's für die Kinder,
und sei's für ein Morgen.

Im Monat nach der Flut
bekam der Junge nur zwei Pfund Reis
von der Notopferhilfe.
Heute abend ißt er Arekaspitzen und verdorbenen Mais.
Und er ist nur eins von so vielen Kindern
mit Gelbsucht und gedunsenen Gesichtern.

Eine Woche hatte er die Ruhr –
keine Medizin, keine Hoffnung.
Die Flut nahm ihm
den Vater,
die Mutter
und seinen Bruder.
Die Stirn dieses unschuldigen Kindes trägt kein Trauerband.

Aber aus den versengten, ausgebrannten Feldern
steigt ein schwacher Sonnenstrahl
und hüllt meine Seele
in sein makabres Tuch.

Kommt bitte her
und seht
diese harte Prüfung
für all die Lieben,
die die Flut überlebten
im Jahr des Drachen.

Nimm diese blutende Kleine in deinen Arm.
Sie ist die einzige in ihrer Familie,
die das Unglück hatte
zu überleben.

Ein junger Vater,
er verlor die Frau und vier Kinder,
starrt Tag und Nacht in den leeren Raum.
Manchmal lacht er ein tränenersticktes Lachen.

Kommt bitte her und seht
den weißhaarigen alten Mann,
tagelang alleingelassen auf einem öden Fleckchen Land
voller Unkraut.

Da kniet er vor einem entsetzten kleinen Jungen,
der ihm ein wenig Reis anbietet.
So kniet er voller Liebe,
und der Junge weint.
„Oh Großvater, bitte knie nicht vor mir.
Ich bin doch im Alter deines Enkels."

Die Botschaft der Liebe hat ihr Ziel erreicht.
Ich setze mein Vertrauen wieder in das Morgen.

Ihr Mann ist tot,
tot sind auch die Kinder,
verwüstet das Land,
ihr Herz ist kalt.

Kein Funke ist da, um ein Feuer zu entfachen,
hier gibt es nur den Tod
auf diesem Fleckchen verdorrter Erde.

Nichts mehr bleibt,
nicht einmal Resignation,
das letzte, was sie noch hatte.

Laut verflucht sie, daß sie lebt.
„Welch ein Glück", ruft sie,
„für die Familien, die gemeinsam starben."

Ich sage zu ihr: „Wir sind nicht allein.
Da gibt es noch andere,
deren Wehklagen und Tränen wir stillen müssen
auf dieser endlosen Straße.
Laß uns weitergehen mit gesenktem Haupt."

Der Mann aus dem Dorf schaut mich kaum an.
Gequält, aber ohne Furcht, spricht er:
„Ich hasse beide Seiten.
Ich halte zu keiner von beiden.
Ich will nur dahin gehen,
wo sie mich leben lassen
und mir helfen zu leben."
Ach Leben! Was für ein Elend!

An diesem hochgelegenen Ort am Fluß Thu Bon
schneide ich mir in den Finger
und schaue zu, wie das Blut ins Wasser tropft
und sich mit ihm vermischt.
Oh, kommt zur Ruhe,
die ihr verloren seid.
Oh, findet euren Frieden!

Zu euch, die ihr ertrunken seid, spreche ich
und zu euch, die ihr überlebt habt,
und auch zum Fluß –
ich habe gehört, wie das All widerhallt
von den Schreien der Kinder.
Heute nacht stehe ich hier
inmitten dieser steilen Berge
und sehe zu, wie sie sich über den Fluß neigen,
und lausche ihren Geschichten.

Hier ist die unbeständige
und doch endlos fließende Welt.
Laßt uns zusammenhalten für kommende Generationen.

Jede winzig kleine Bodhisattva hält,
gesenkten Kopfes und mit verborgenen Tränen,
Schultinte noch an ihren Fingern,
eine Schaufel oder einen Spaten,
häufelt Erde auf zu Wegen
und begräbt die Toten.

Mit ihren Palmblatthüten,
ihren braunen Kleidern
und barfuß gehend,
sind sie da nicht Quan Yin
in all ihrer Herrlichkeit,
ihrer Nächstenliebe,
ihrer Furchtlosigkeit?

Die kleinen nackten Füße laufen über Steine,
die spitzen Steine des Schmerzes und der Trauer.
Die bloßen Füße betreten Elendshütten,
hastig auf Asche erbaut,
um die aufzusuchen,
die noch leben,
aber schon am Ende ihres Lebens stehen.

Während ich ihre Hände betrachte,
so sanft wie himmlische Seide,
wie sie sich den Säuglingen entgegenstrecken,
da hört das Schreien auf,
und die Augen der Mütter,
die auf Kannen voller Milch starren,
leuchten auf wie Edelsteine.

Und noch immer sitze ich
vor den Himmelstoren
– sie sind fest verschlossen –
gesenkten Hauptes wartend.

Ach hier,
warum herrscht hier solche Stille? –
solch eine Stille,
da selbst die Vögel aus unserem zerquälten Land
geflohen sind.
Oh, erhebe deine Stimme wieder,
sprich laut und vernehmlich,
daß die Vögel dich auch im entferntesten Winkel
hören und wiederkehren;
dann werden unsere Wasser wieder zu Juwelen,
unser Land wird zu Brokat.

Oh, sing doch,
sing laut,
daß das wahre Sein den Worten folge.

Ich schrieb dieses Gedicht 1964 nach einer Hilfsaktion, bei der wir mit mehreren Booten den Thu-Bon-Fluß hinaufgefahren waren, um dort den Opfern der Flutkatastrophe und des Krieges Hilfe zu bringen. Das war in der Gegend von Duc Duc in der Provinz Quang Nam, und es war sehr gefährlich, dorthin zu fahren. Unterwegs wurden wir von jeder der kriegsführenden Parteien angehalten. Als uns die Nationalisten anhielten und durchsuchten, fragte ich sie: „Was ist, wenn die andere Seite uns anhält und uns Propagandamaterial gibt? Ich könnte mich sicherlich nicht weigern." „Natürlich können Sie es annehmen, aber wenn Sie an den Fluß gelangen, werfen Sie es hinein." Darauf fragte ich: „Was aber geschieht, wenn ich nicht genug Zeit habe, es wegzuwerfen, und von jemandem wie Ihnen angehalten werde?" Sie gaben keine Antwort.

Nach unserer Hilfsaktion blieben wir noch ein paar Tage bei den Menschen dort. Die Schießereien fanden über unsere Köpfe hinweg statt. Einer meiner Schüler sprang vor lauter Nervosität ins Wasser. Das Leiden war überwältigend. Ich schnitt mir in den Finger und ließ einen Blutstropfen in den Fluß fallen. Dabei sprach ich: „Das ist mein Gebet für alle, die im Krieg und in der Flut umgekommen sind."

Am Tag unserer Abreise standen viele junge Frauen am Ufer und wollten uns ihre Babys mitgeben, aber wir wußten, daß wir nicht würden für sie sorgen können. Wir fühlten uns so hilflos, daß wir weinten.

UM MICH ZU WÄRMEN

Ich halte mein Gesicht in beiden Händen.
Nein, ich weine nicht.
Ich halte mein Gesicht in beiden Händen,
um die Einsamkeit warmzuhalten –
zwei Hände, die beschützen,
zwei Hände, die nähren,
zwei Hände, die mich davor bewahren,
daß meine Seele mich
in Wut verläßt.

Dieses Gedicht schrieb ich, nachdem ich von dem Bombenangriff auf Ben Tre erfahren hatte und von dem Kommentar eines amerikanischen Militärs: „Wir mußten die Stadt zerstören, um sie zu retten." Betsy Rose vertonte dieses Gedicht und machte daraus das Lied: „In my two hands" (In meinen beiden Händen).

IN MY TWO HANDS © Betsy Rose

NACHT DES GEBETS

In jenem Augenblick
wehte kein Wind,
und die Vögel schwiegen.
Sieben Mal bebte die Erde,
als Unsterblichkeit den Strom
von Leben und Tod durchquerte.
Die Hand, die das Rad hielt
in der Mudra des Friedens,
erblühte wie eine Blume in der Nacht.

In jenem Moment
öffnete sich die Blume der Unsterblichkeit
im Garten von Geburt und Tod –
erleuchtet waren Lächeln,
Wort und Gleichnisse.
Er ist gekommen,
um der Menschen Sprache zu lernen.

In jener Nacht schauten die Devas
vom Tushita-Himmel herab,
sahen die Erde, meine Heimat,
noch strahlender als ein Stern,
während die Milchstraßen sich verneigten
und beteten, bis der Osten
sich rötlich verfärbte;
und die Gärten von Lumbini
wurden zur weichen Wiege,
nahmen sanft
den neugeborenen Buddha auf.

Heute abend, heute abend
blicken die Menschen
auf der Erde, meiner Heimat,
zum Himmel empor.

Sie wenden ihre tränenblinden Augen zum Tushita-Himmel.
Schmerzensschreie überall,
als Maras Hand sie überwältigt in Haß und Gewalt.

Im Dunkel bangt die Erde, meine Heimat,
dem wundersamen Ereignis entgegen,
wenn die Ewigkeit ihre Schlcier öffnet,
wenn Schatten verschwinden
und Maitreya Einzug hält in mein Land.
Der Klang des Seins
hallt dann von neuem wider
im Singen eines Kindes.

Heute nacht legen Mond und Sterne Zeugnis ab.
Laßt meine Heimat, laßt die Erde beten
für Vietnam –
seine Tode, seine Feuer,
seine Trauer und sein Blut –;
daß Vietnam sich erhebe aus seinem Leid
und zur weichen, neuen Wiege werde
für den zukünftigen Buddha.
Laßt die Erde, mein Land, beten,
daß erneut die Blumen blühen.

Heute nacht sind wir voller Hoffnung,
daß unsere Pein Früchte trägt,
daß Geburt und Tod den Strom
des Seins überqueren
und sich der Quell der Liebe über zehntausend Herzen ergießt,
daß der Mensch die Sprache des Unaussprechlichen erlernt.
Dann wird das Lallen eines Säuglings
den Weg uns weisen.

Geschrieben habe ich dieses Gedicht 1964, und abgedruckt wurde es in der Wochenzeitung *Hai Triều Am*. Vertont wurde es 1968 in Tokyo.

EMPFEHLUNG

Versprich mir,
versprich mir heute,
während die Sonne hoch am Himmel steht –
wenn sie dich zu Boden schmettern
mit einen Berg aus Haß und Gewalt,
nicht zu vergessen, Bruder:
Der Mensch ist nicht unser Feind.

Mag dein Mitgefühl noch so gerecht sein,
gerecht auch dein Haß,
unbezwinglich und grenzenlos –
so wird der Haß dir nicht helfen,
der Bestie im Menschen zu widerstehen.

Aber eines Tages, wenn du dieser
Bestie gegenübertrittst, allein,
mit unversehrtem Mut,
mit freundlichem Blick
in deinen ungetrübten Augen
(auch wenn niemand sie sieht),
wird aus deinem Lächeln eine Blume erblühen,
und diejenigen, die dich lieben,
werden auf dich schauen
über zehntausend Welten von Geburt und Tod hinweg.

Wieder allein, schreite ich fort, mit gebeugtem Haupt,
doch wissend um die Unsterblichkeit der Liebe.
Und auf dem langen, rauhen Weg
scheinen mir Sonne und Mond,
erhellen meinen Weg.

1965 schrieb ich dieses Gedicht vor allem für die jungen Leute von der Schule der Jugend für Sozialarbeit, die im Krieg täglich ihr Leben riskierten. Ich empfahl ihnen, sich darauf vorzubereiten, ohne Haß zu sterben. Einige waren bereits gewaltsam getötet worden, und ich wollte die anderen davor bewahren, Haß zu entwickeln. Unser Feind, das sind unsere Angst, unser Haß, unsere Gier, unser Fanatismus und die Diskriminierung von Menschen. Wenn du gewaltsam stirbst, mußt du über Mitgefühl meditieren, um denen verzeihen zu können, die dich töten. Wenn du im Sterben diesen Zustand des Mitgefühls verwirklichst, so bist du wirklich ein Kind des Erwachten. Selbst wenn du in Unterdrückung, Schande und Gewalttätigkeit stirbst – wenn du verzeihend lächeln kannst, dann hast du große Kraft.

Als ich die Zeilen dieses Gedichtes erneut las, verstand ich auf einmal den Abschnitt im *Diamant-Sutra,* in dem von *Kshanti,* dem Erdulden oder der Toleranz, die Rede ist. „... mit unversehrtem Mut, mit freundlichem Blick in deinen ungetrübten Augen (auch wenn niemand sie sieht), wird aus deinem Lächeln eine Blume erblühen. Und diejenigen, die dich lieben, werden auf dich schauen über zehntausend Welten von Geburt und Tod hinweg." Wenn du mit Mitgefühl im Herzen stirbst, dann bist du eine Fackel, die unseren Pfad beleuchtet. Nhat Chi Mai, eins der ersten Tiêp-Hiên-Mitglieder, las dieses Gedicht vor und nahm es auf Tonband auf, bevor sie sich selber verbrannte. Sie hinterließ es ihren Eltern.

„Wieder allein, schreite ich fort mit gebeugtem Haupt", um euch zu sehen, zu erkennen, mich an euch zu erinnern. Eure Liebe ist ewig geworden. „Auf dem langen, rauhen Weg scheinen mir Sonne und Mond." Wenn eine reife Beziehung zwischen Menschen besteht, gibt es immer Mitgefühl und Verstehen. Wir brauchen in unserem Leben andere, um uns selbst zu sehen und zu erkennen, das hilft uns. Wieviel mehr brauchen wir den Buddha, damit er uns sieht! Auf unserem Pfad des Dienens gibt es Momente des Schmerzes und der Einsamkeit, aber wenn wir wissen, daß uns der Buddha sieht und versteht, verspüren wir eine starke Woge der Energie und eine feste Entschlossenheit weiterzumachen.

Die Brüder der Weston Priory haben dieses Gedicht wunderbar vertont.

DIE STRUKTUR DER SOHEIT

Schimpf nicht mit den kleinen Vögeln.
Wir brauchen ihre Lieder.
Hasse nicht deinen eigenen Körper.
Er ist der Altar für den Geist der Menschlichkeit.

Deine Augen enthalten den Trichiliokosmos,
und deine Ohren regieren über die Vögel,
die Quellen, die steigende Flut,
über Beethoven, Bach und Chopin,
über die Schreie des kleinen Kindes
und das Lied, das es sanft dem Schlaf übergibt.

Deine Hände sind Blumen der Liebe,
die niemand zu pflücken braucht,
und deine Stirn ist der schönste aller Morgen.
Zerstöre nicht die Struktur der Soheit in dir.

Der Mais, das Gras, die Düfte der Nacht,
sie alle haben nach Frieden verlangt.
Ich weiß, eine Kugel könne heute morgen
das Herz des kleinen Vogels treffen,
dieses Vogels, der das Leben feiert mit all seiner Kraft.
Der Mais, das Gras, die Düfte der Nacht,
und mit ihnen die Sterne und der Mond –
wir alle tun unser Bestes.
Wir tun, was immer wir vermögen,
um dich am Leben zu erhalten.

UNSER FESTER ENTSCHLUSS

Ihr bekämpft uns
weil wir den Haß bekämpfen,
während ihr eure Stärke
mit Haß und Gewalt zu erlangen sucht.

Ihr beschimpft uns,
weil wir dem Menschen kein Etikett aufkleben,
um dann einen Gewehrlauf auf ihn zu richten.

Ihr verflucht uns,
weil unser Blut euch nicht nützt,
um die Schuld eurer Gier zu tilgen,
weil ihr uns nicht dazu bewegen könnt,
von der Seite des Menschen zu weichen,
wo wir standhaft alles Leben beschützen.

Und ihr ermordet uns,
nur weil wir unser Haupt beugen
vor der Liebe und Vernunft des Menschen;
weil wir uns standhaft weigern,
ihn mit Wölfen gleichzusetzen.

Dies habe ich in den sechziger Jahren während des Krieges geschrieben.

DIE, DIE ES NICHT ZERRISSEN HAT

Ich weiß nicht,
ich weiß einfach nicht,
warum sie Granaten werfen
auf diese jungen Leute.

Wie kann man sie nur töten,
diese Jungen mit ihren unschuldigen Gesichtern,
diese Mädchen mit Tintenklecksen an den Händen?

Welches war ihr Verbrechen? – Etwa,
daß sie auf die Stimme des Mitgefühls hörten?
Daß sie kamen, um in einem kleinen Dörfchen zu leben,
den Dorfbewohnern zu helfen,
die Kinder zu unterrichten
und in den Reisfeldern zu arbeiten?

Vergangene Nacht, als diese Granaten explodierten,
starben zwölf junge Menschen –
zerrissen ihre Körper, zerfetzt ihre Haut.
In den Körper eines Mädchens drangen über 600 Schrapnell-
splitter.

Zwei von ihnen werden heute morgen beerdigt.
Beide warten sie, daß die Sonne wieder aufgehe.
Jeder von ihnen sehnt sich nach Frieden,
um als Schmetterling wiedergeboren zu werden.

Wir akzeptieren Tod und Trauer.
Doch hört,
Brüder und Schwestern,
diese Granaten haben mit ihrer Explosion
den Himmel zerfetzt.
Diese Jungen und Mädchen sind fortgegangen
und ziehen eine Blutspur hinter sich her.

Aber es gibt noch mehr Granaten
als die von gestern nacht.
Es gibt weitere Granaten im Herzen des Lebens.
Versteht ihr mich?
Es gibt noch mehr, und sie warten nur darauf
zu explodieren.

Sie sind noch verborgen
im Herzen der Menschen –
niemand kennt den Zeitpunkt ihrer Detonation,
niemand weiß, wann sie unser Land entweihen,
niemand kennt den Zeitpunkt,
wann sie unser Volk auslöschen.

Und noch immer
bitten wir euch zu glauben,
daß wir keinen Haß im Herzen tragen
noch Hader noch Groll in der Seele.
Was die Welt braucht,
was wir alle brauchen,
ist Liebe.

Kommt her und hört mich an,
denn die Zeit ist knapp,
und Gefahr lauert überall.
Laßt uns alle Granaten beseitigen –
aus unseren Herzen,
aus unserer Heimat,
aus der gesamten Menschheit.
Laßt uns hier stehen.
Laßt uns Seite an Seite stehen.

Dieses Gedicht entstand 1966, nachdem Unbekannte einen Überfall mit Granaten und Gewehren auf die Schule der Jugend für Sozialarbeit verübt hatten.

ICH WILL ES UNSEREM HEIMATLAND WIEDERGEBEN

Vergangene Nacht starben vier meiner Brüder.
Einer von ihnen war Tho.
Ein anderer war Tuan.
Einer war Hy.
Einer war Lanh.
Das sollt ihr erfahren,
Brüder, Schwestern, mein Volk, mein Heimatland.

Vier junge Männer hörten meine Aufforderung
und zogen hinaus auf die Dörfer,
säten Vertrauen und Liebe,
auf daß der Friede wiederkehre.

Ihr Fleisch ist das meine.
Ihr Blut ist das meine.
Mein Fleisch ist zermalmt.
Mein Blut ist getrocknet.

Um Mitternacht wurden sie barfuß,
ohne Kopfbedeckung, ans Ufer gezerrt,
auf die Knie gezwungen und erschossen.
(Und da wurde auch ich am Flußufer erschossen.)

Hier vor euch, meine Landsleute,
Brüder und Schwestern,
will ich das Fleisch meiner Brüder
unserem Heimatland wiedergeben.
Ich will das Fleisch meiner Brüder
unserem Heimatland wiedergeben –
dieses unschuldige Blut und dies reine Fleisch,
das nie unseren Namen beschmutzte.

Ich möchte ihre Hände
der Menschheit wiedergeben,
Hände, die nie zerstörten.
Laßt mich ihre Herzen der Menschheit wiedergeben,
Herzen ganz ohne Haß.

Und die Haut ihrer Körper –
ich will sie euch zurückgeben, meine Landsleute,
die Haut dieser vier,
denen die Haut eines Tieres heilig war
und die nie eines schlachteten,
um es zu verzehren.

So nehmt bitte die Haut meiner Brüder,
versorgt damit die offenen Wunden
im Fleisch unseres Volkes,
dieses Riesenkörpers,
der da liegt in ohnmächtiger Qual.

Ich war in Paris, als ich von der Ermordung der vier Schüler von der Schule der Jugend für Sozialarbeit hörte, einer Schule, die ich mit ins Leben gerufen hatte. Ich mußte weinen. Ein Freund, Mr. Windmiller, sagte: „Thây, Sie sollten nicht weinen. Sie sind ein General, der eine Armee gewaltloser Soldaten leitet. Es ist ganz natürlich, daß Sie Verluste erleiden." Ich antwortete: „Nein, ich bin kein General. Ich bin nur ein menschliches Wesen. Ich habe sie zu diesem Dienst aufgefordert, und jetzt haben sie dabei ihr Leben verloren. Ich muß darüber weinen."

DER ZEUGE BLEIBT

Leuchtraketen erstrahlen am dunklen Himmel.
Ein Kind klatscht in die Hände und lacht.
Ich höre den Knall der Gewehre,
und das Lachen erstirbt.

Aber der Zeuge
bleibt.

Leuchtraketen dienen dazu, den Feind aufzuspüren. Wenn du von Angst besessen bist, dann kann alles für dich zum Feind werden – selbst ein kleines Kind. Die Zeugin, der Zeuge bist du. Und ich bin es.

FRIEDEN

Sie weckten mich heute morgen
und erzählten mir, daß mein Bruder im Kampf getötet wurde.
Und doch blüht im Garten
eine neue Rose am Busch –
ihre feuchten Blütenblätter öffnen sich.
Und ich bin am Leben,
atme noch den Geruch von Rosen und Mist,
ich esse, bete und schlafe.
Wann kann ich mein langes Schweigen brechen?
Wann kann ich die Worte aussprechen,
an denen ich zu ersticken drohe?

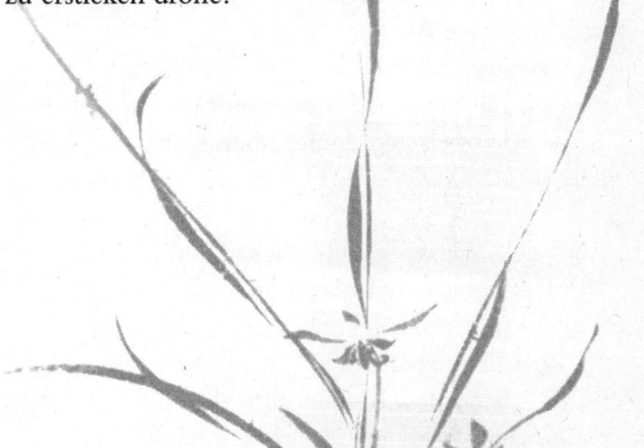

Dieses Antikriegs-Gedicht habe ich 1964 in Vietnam geschrieben, zu einer Zeit, als allein das Aussprechen des Wortes „Frieden“ bedeutete, daß man „Kommunist“ war, den Kommunisten half oder zumindest Defätist war. Als Pham Duy, ein bedeutender Musiker, dieses Gedicht vertonte, wählte er deshalb den Titel „Ein Traum“.

FLAMMENDES GEBET

Es ist früh am Morgen,
die Sonne scheint.
Oh Kosmos, wie sehne ich mich danach,
dich in die Arme zu schließen.
Vögel singen.
Eine Frau geht am Bambushain vorüber,
bietet morgendliche Mahlzeit feil.
Oh Heimat, wie sehne ich mich danach,
dich in meine Arme zu schließen.
Menschen versammeln sich am Marktplatz.
Oh Welt, wie sehne ich mich danach,
dich in meine Arme zu schließen.
Nur zwanzig Stunden bleiben mir noch,
und ich bin schon gar nicht mehr ganz hier.
Ich werde mich dem Feuer übergeben.
Die Sonne scheint. Oh Heimat, oh Welt, oh Kosmos!

Alles ist von unvergleichlicher Schönheit.
Die Trennung wird unerträglich,
meine Liebe unermeßlich sein.
So viele Erinnerungen –
und doch werde ich nicht einmal
ein einziges Blatt, auch nur einen Kieselstein
mit mir nehmen können.
Jedes Blatt ist so kostbar; jeder Kiesel, ach, so kostbar.

Früh wache ich auf nach tiefem Schlaf,
wie ein unschuldiges Kind, ohne Sorgen.
Meine Hände, solltet ihr wirklich an diesem Morgen
das Feuer eure Heimat nennen müssen?
Meine Hände streicheln meine Wangen.
Meine Hände, treue Freundinnen,
Hände, die Süßigkeiten und Kekse verteilen,
Hände, verschmiert mit Tinte und Kreide,

Hände, die Seide weben,
Hände, die sanft über die Köpfe
von Waisenkindern streicheln.

Früh wache ich auf und möchte, ach, am liebsten ewig leben!
Jeder neue rosige Morgen
steht am Anfang eines ganzen Tages,
bereit, sich mit Bedeutung zu füllen,
wie ein unbeschriebenes Blatt Papier.
Warum ist der Kosmos gerade heute so schön?
Ist es deshalb, weil ich bald sterben werde?
Oder weil ich meine Augen geöffnet habe?
Ach, ihr vielen Sterne, so weit von hier!

Früh wache ich auf,
nehme mein Gesicht, meine Hände
und diese kleine Wasserschale wahr.
Wie gern würde ich im kristallklaren Wasser schwimmen,
einem Fischlein gleich!

Früh wache ich auf,
öffne mein Fenster der klaren, reinen Luft,
ach, wie gern flöge ich empor,
einem Vöglein gleich!

Früh wache ich auf
und sehe eine Gruppe von Schulkindern
über die Straßen gehen –
sie zwitschern wie Vögel.
Lauft weiter, meine kleinen Brüder und Schwestern.
Lauft weiter dem friedvollen, sicheren Horizont entgegen,
wo es kein Leiden, kein Töten gibt!
Hier tauche ich ein in die Hölle eines blutigen Feuers.
Geht schnell weiter, meine Lieben.
Hier tun die felsigen Hügel, die Berge und Wälder,

was immer sie vermögen,
um das blutige Feuer aufzuhalten!

Ein Stückchen weiter
wird eine ältere Schwester, ein älterer Bruder
auf euch warten.
Im Klassenraum bekommt ihr vielleicht Besuch
von einem herumirrenden Vogel oder Schmetterling.
Durch euren Klassenraum
zieht der liebliche Duft eines Rosenstocks,
der sich am Fenstersims emporrankt.

Kekse und Süßigkeiten werden unter den Bänken herum-
gereicht.
Der ältere Bruder bekommt es mit, aber er lächelt nur.
Die ältere Schwester tut so, als merke sie nichts.
Die Schreibaufgabe wird im Dialekt des Südens vorgelesen.
Fehler beim Akzent kosten nur einen halben Punkt.
Ich liebe diese Köpfchen mit seidenem Haar
und den strahlenden Augen –
selbst die Tintenkleckse auf Hemden und Gesichtern
und die laufenden Nasen.

Die Straßen sind voller Menschen.
Woran denkst du, Tante?
Woran denkst du, Onkel?
Was besorgt dich, Älterer Bruder?
Was besorgt dich, Ältere Schwester?
Jeder Mensch hat andere Sorgen,
ein jeder eine besondere Situation.
Alle sind mit ihren morgendlichen
Besorgungen beschäftigt.
Ich gehe allein,
meine Füße berühren den Boden, aber mir ist,
als wandle ich in der Luft.
Noch bin ich hier, aber ich bin schon gegangen.

Noch zwanzig Stunden.
Mit niemandem teile ich meine tiefsten Gedanken.
Einsam bin ich nicht.
Oh ihr Freundinnen und Freunde, oh menschliche Rasse,
Brüder und Schwestern,
ich liebe diese unsere Erde,
und Tränen rinnen mir übers Gesicht.
Ich senke meinen Kopf und wische sie fort.
Ich lächle, kasteie mich selbst.
Ich schäme mich, daß ich noch immer liebe.
Noch hafte ich an, und ich möchte bleiben.
Allein gehe ich fort.

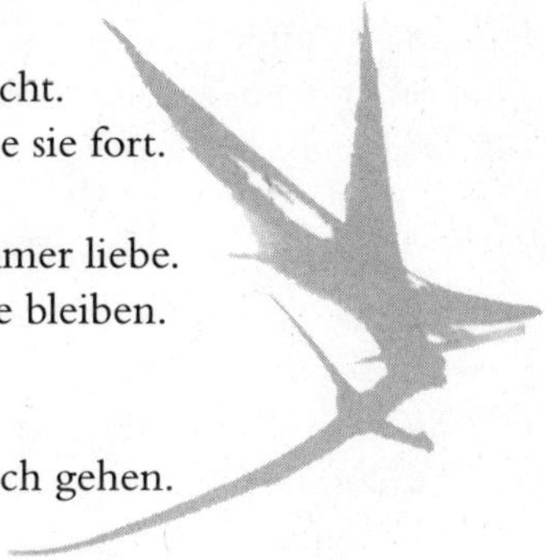

Oh Freundinnen, Freunde, laßt mich gehen.
Seid mir nicht böse.
Kommt nicht zu nahe an mich heran.
Bleibt auf Distanz, damit ich mein Gelübde halten kann.
Mich verlangt es, euch einzeln zu umarmen,
jung und alt, und dabei zu weinen.
Aber das würde alles zerstören.
Unsere Tränen würden all meine Entschlossenheit
ins Wanken bringen.
Vergebt mir, Freundinnen und Freunde.
Vergebt mir, liebe Mutter, lieber Vater.
Vergebt mir, meine geliebten Brüder und Schwestern.

Denkt an die Geschichte vom Fluß.
Laßt mich der Bootsmann sein.
Ich möchte den blauen Wellen beim morgendlichen Gespräch
lauschen.
Laßt mich die Ông-Lanh-Brücke sehen,
die kleinen Boote, die hellrote Tontöpfe
und Pfannen mit sich führen,
andere wieder Fässer mit Fischsauce.
Ich sehe Frauen, die Arekanüsse verkaufen,
ihre Lippen rot vom Betelkauen,

gestreifte Tücher verdecken ihr Haar.
So schön ist unsere Heimat, ach, so schön.
Da ist der Tempel, der Bambushain,
der Arekagarten, die Betelhecke
und der vertraute Hafen.
Ich möchte umkehren.
Aber selbst wenn ich umkehre,
kann ich meine Heimat nicht finden!

Mit jedem Schritt berühre ich den Boden meiner Heimat.
Der Boden meiner Heimat ist verwüstet von Bomben und
Gewehrsalven.
Hier ist ein Gebet für jene grünen Gärten
mit Bambus und Pflaumenbäumen,
mit Kakteen in den Vorgärten.
Ich lege meine Handflächen zusammen,
und die Flammen dienen mir als Gebet.
Erlaubt mir, diese Häuser ein letztes Mal zu sehen.
Erlaubt mir, den Himmel, das Wasser, die Bäume
ein letztes Mal zu sehen.
Erlaubt mir, die Sterne und den Mond zu sehen.
Erlaubt mir, meine Verwandten zu sehen –
Tanten, Onkel, Brüder und Schwestern,
jung und alt.
Ihnen möchte ich zuschauen, wie sie lachen und reden.
Ich nehme sie alle in das Rund meiner beiden Arme.
Nun habe ich euch gesehen, meine Schwestern und Brüder.
Ich gehe, aber ich bin noch hier.
Morgen bei Sonnenaufgang
wird mein Gedicht meine Lieben erreichen.

Geschrieben habe ich dieses Gedicht 1966, nachdem ich von der Selbstverbrennung Nhat Chi Mais erfahren hatte. Sie gehörte zu den ersten sechs Menschen, die sich als Mitglieder im Tiêp-Hiên-Orden ordinieren ließen. Sie verbrannte sich für Frieden und Versöhnung an der Tu-Nghîêm-Pagode in Saigon.

DAS NEUE DÖRFCHEN

Heute morgen finde ich keine Streichhölzer,
und meine Feuerstelle ist kalt
wie ein feuchter Herbsttag.
Das Bild, an dem ich male, ist halb fertig.
Ich gehe zu den Nachbarn und bitte um Feuer.
(Weißt du noch, wie wir das
als kleine Jungen immer taten?)

Du fragst mich, was ich tue, wenn die Nachbarn
kein Feuer mehr haben.
Ich antworte: „Dann singen wir gemeinsam."
Mir fällt ein, was Mutter immer sagte,
und so bitten wir dich
mitzukommen ins neue Dörfchen.
Vergiß bitte nicht das Singen.
Irgend jemand in unserem Dorf hat sicherlich noch Feuer.
Ich bitte euch alle, die Hand zu heben
und mir die Wahrheit zu sagen.
„Glaubt ihr wie ich,
daß jemand in unserem Dorf
das Feuer am Leben erhält?"

Ich kenne arme Leute,
die ihr Feuer mit Reisstroh
am Brennen halten.
Ich denke daran, was Mutter immer sagte.
Also störe ich nicht die Feuerstelle.
Eine Handvoll Stroh nur lege ich sacht
auf das brennende Reisstroh
und warte geduldig, bis der Rauch emporsteigt.
Mit sanften Atem belebe ich das Feuer.

Du, mein Bruder, kommst heute
von einer langen Reise zurück.

Spüre die Wärme in deinem Herzen,
wenn du den zarten Rauch betrachtest,
der unser Strohhaus umhüllt.
Komm bitte zu unserem Dörfchen.
Wir warten auf dich.
Unsere Schwester hat das Feuer
an der alten Feuerstelle bewahrt.

Unter dem schützenden Licht der Sterne
folgt dein Boot
ohne Zögern dem Strom.

Dein Boot kehrt immer wieder.
Selbst wenn der Nebel sich senkt,
gibt es keinen Grund zur Sorge,
denn du weißt,
daß die Liebe von heute ausreicht,
um uns auch morgen
genügend Wärme zu schenken.

Ein schönes Feuer brennt jetzt in meinem Haus.
Bitte komm mich besuchen.
Seit vielen tausend Jahren
versucht jemand schon, eine Brücke zu bauen,
die beide Seiten verbindet.
Soeben ist mein Bild fertig geworden.
Die Farben sind noch ganz frisch.
Wir möchten es dir zeigen.
Freudvoll knistert das Feuer.
Wir holen noch ein paar Kerzen.

Dieses Gedicht habe ich für die Mitarbeiter an der Schule der Jugend für Sozialarbeit geschrieben.

Früher gab es keine Streichhölzer. Man mußte also das Feuer in der Küche am Brennen halten. Ohne Feuer konnte man nicht kochen. Dann mußte man im Nachbarhaus um Feuer bitten.

FRIEDENSGEBET

Da sitzt er in seiner Schönheit auf einer Lotusblüte,
der erhabene Buddha, voller Festigkeit und Ruhe.
Dein bescheidener Schüler
formt ruhig und reinen Herzens
eine Lotusblüte mit beiden Händen,
er schaut dich an mit tiefem Respekt
und spricht dieses Gebet aus tiefstem Herzen:

Ehre allen Buddhas der zehn Himmelsrichtungen.

Bitte habt Mitgefühl mit unserem Leid.
Im Krieg ist unser Land seit zwei Jahrzehnten.
So geteilt, ist es ein Land der Tränen,
des Fleisches und Blutes von jung und alt.
Mütter weinen, bis ihre Tränen versiegen,
während ihre Söhne auf fernen Schlachtfeldern verwesen.
Die Schönheit unseres Landes ist zerstört,
nur noch Blut und Tränen fließen hier.
Brüder töten Brüder,
weil man ihnen von außen etwas verspricht.

Ehre allen Buddhas der zehn Himmelsrichtungen.
In eurer Liebe zu allen Wesen,
habt Mitgefühl mit uns.
Helft uns, daran zu denken, daß wir eine einzige Familie sind,
Norden und Süden.
Helft uns, unser Mitgefühl und unsere Brüderlichkeit
wiederzufinden
und unser egoistisches Interesse zu verwandeln
in liebevolle Akzeptanz für alle.
Möge euer Mitgefühl helfen, unseren Haß zu vergessen.
Möge die Liebe der Bodhisattva Avalokiteshvara
bewirken, daß wieder Blumen erblühen
aus der Erde unseres Landes.

Demütig öffnen wir unsere Herzen vor euch,
damit ihr uns helft, unser Karma zu wandeln
und den Blumen unseres Herzgeistes Wasser zugeben.
Helft uns mit eurem tiefen Verstehen,
daß Licht in unseren Herzen werde.

Ehre dem Buddha Shakyamuni,
dessen große Hingabe
und dessen Mitgefühl uns inspirieren.
Ich will nur noch Gedanken pflegen,
die Liebe und Vertrauen mehren,
will meine Hände nur benutzen,
wenn die Taten der Gemeinschaft dienen,
will nur Worte sprechen,
die Harmonie und Hilfe bringen.

Möge das Verdienst dieses Gebets
zum Frieden werden in Vietnam.
Mögen wir alle beitragen zu dieser großen Hoffnung.

Dieses Gebet wurde in ganz Südvietnam gesprochen während der Kampagne: „Erschieße nicht deinen eigenen Bruder" – damit sollte die Bereitschaft, für den Frieden zu arbeiten, erweckt werden. Während der Treffen mit jungen Leuten sangen wir die Verse, vereinigten dabei unsere Herzen und unsere Bemühungen, für den Frieden zu arbeiten. Die meisten von uns waren Buddhistinnen und Buddhisten. Dieses Gebet ist auf Versöhnung und auf ein Ende des Krieges ausgerichtet. Es erwies sich als ein sehr kraftvolles Mittel, um miteinander zu kommunizieren. Dies können wir auch mit westlichen Freundinnen und Freunden gemeinsam tun.

VERURTEILUNG

Hört euch das an:
Gestern kamen sechs Vietcong durch mein Dorf,
und deshalb wurde das Dorf bombardiert.
Keine Menschenseele blieb am Leben.
Als ich am folgenden Tag ins Dorf zurückkehrte,
fand ich da nur noch Staubwolken –
die Pagode hatte weder Dach noch Altar,
es standen nur noch die Grundmauern,
und das Bambusdickicht war niedergebrannt.

Hier im Angesicht der unberührten Sterne
in der unsichtbaren Gegenwart aller Menschen,
die es auf Erden noch gibt,
will ich diesen schrecklichen Krieg verurteilen,
in dem Brüder ihre Brüder ermorden!

Wer auch immer zuhört, sei mein Zeuge:
Ich kann diesen Krieg nicht akzeptieren.
Ich konnte es nie, und ich werde es niemals tun.
Dies muß ich noch tausendmal sagen, bevor man mich tötet.

Ich bin wie der Vogel, der stirbt,
um seinem Partner das Leben zu retten,
und während ihm das Blut vom gebrochenen Schnabel tropft,
ruft er aus: „Nehmt euch in acht! Kehrt um und stellt euch
euren wahren Feinden: Ehrgeiz, Gewalt, Haß und Gier.“

Die Menschen sind nicht eure Feinde –
auch nicht die, die man „Vietcong“ nennt.
Wenn wir unsere Brüder und Schwestern umbringen,
was bleibt uns dann? Mit wem sollen wir dann leben?

Dieses Antikriegs-Gedicht wurde 1964 geschrieben und in der buddhistischen Wochenzeitung *Hai Triêu Am (Der Klang der steigenden Flut)* in einer Auflage von 50 000 Stück gedruckt. Hai Triêu Am ist einer der Beinamen Avalokiteshvaras. Ich galt als „Antikriegsdichter" und wurde als prokommunistischer Propagandist denunziert. Das folgende Lied von Pham Duy mit dem Titel „Unser Feind" *(Ke Thu Ta)* hat die letzten drei Zeilen dieses Gedichtes zur Grundlage:

Unser Feind trägt die Farbe einer Ideologie.
Unser Feind trägt das Etikett der Freiheit.
Unser Feind hat eine ansprechende äußere Erscheinung.
Unser Feind trägt einen großen Korb voller Worte.
Unser Feind sind nicht die Menschen.
Wenn wir Menschen töten, mit wem sollen wir dann leben?

DIE SONNE DER ZUKUNFT

Den ganzen Nachmittag
sitze ich da im nassen Trenchcoat
und warte auf Victor,
Victor Charly,
den gelbhäutigen Vietcong.

Wie kummervoll ist der Schrei des Affen
auf diesem Berg Asiens.
Wie kummervoll ist dies Land namens Vietnam.
Was unterscheidet diese Wälder und Berge
von denen Afrikas?

Mein Gewehr, das bellt und Feuer spuckt,
hat das Gesicht von Victor Charly –
seine Augen,
gleich ob die Haut schwarz ist oder gelb,
was sagen diese Augen? –
Seine Augen, der Kummer Asiens.
Irgendwo habe ich einen Dichter
den Kummer Afrikas beschreiben hören.
Es tut nichts zur Sache, ob er schwarz ist oder weiß.
Warum muß ich dich hassen, Victor Charly?

Unser Geld ist nach Vietnam geflossen,
während meine armen schwarzen Brüder
die Bürde des Rassismus und der Diskriminierung tragen.
Detroit, Selma, Chicago, Birmingham, Watts
sind längst in den Kampf mit hineingezogen.
Meine Brüder und Schwestern haben begonnen,
das Land des Leidens zu verlassen.

Wir wollen dem ein Ende setzen –
dreißig Milliarden Dollar
für den Krieg allein 1967.
Das sind drei Millionen Dollar für jede Stunde des Krieges –
meine Frau und meine Kinder in Chicago leben
noch immer gefangen im Netz der Armut.
Zwei Milliarden Dollar für jeden Monat des Krieges,
das sind mehr als das Jahresbudget für die Armenhilfe
in unserem Land, dem großartigen Amerika.
Wollten wir eine halbe Million Einwandererfamilien unterstützen,
für Erziehungsprojekte und Kinderprogramme,
Unterkünfte und Gesundheitswesen sorgen,
so brauchten wir für die erforderliche Summe
den Krieg nur für acht Stunden aufzuhalten.

Warum sind wir in Vietnam,
in den Wäldern und Bergen Asiens?

Victor Charly, wann haben wir die ersten Samen
des Hasses und der Wut gesät?
Das ist doch nicht, was wir wollten!
Sie haben die Wahrheit vor uns versteckt.
Sie haben uns nicht gesagt, wo die Grenzen sind.
Die Sonne der Zukunft
ist verborgen
hinter den Wäldern und Bergen,
Am Fuße des asiatischen Kontinents
erzittert die Erde.
Und sie erzittert ebenso
unter dem
Kontinent Afrika.

Dies schrieb ich 1967.

FLEISCH UND HAUT, STEINE UND ZIEGEL

Die Bomber sind fort.
Im Schein einer bewegungslosen Sonne,
im fahlen Mittagslicht
regt sich wieder unser altehrwürdiges Land.

Das geschwungene Tempeldach
ist ausgebrannt, völlig verborgen.
Buddha, der Erhabene, aber sitzt noch da,
auch wenn das Gold auf ihm abblättert,
und lächelt auf unbeschreibliche Weise
über die Ziegel und Steine hinweg.

Aus dem stillen Dunkel steigt
das Lied einer Flöte,
als käme es aus meiner Seele.
Schulkinder hatten in diesem Tempel
immer Schutz gesucht,
wo jetzt Wolken zaudernd stehen.

Nun sind auch sie fort,
fort, wie die mit dem glänzenden Schwarzhaar,
da man die Verwundeten bereits wegtrug
und die Toten morgen beerdigt
auf dem Friedhof
am Ende der Straße.

Oh Heimat,
oh Schwestern und Brüder,
ihr beißt die Zähne zusammen.
Auch heute
tragt ihr schweigend euren Schmerz.
Was bleibt euch auch sonst?
Wohin solltet ihr gehen?

Selbst das Meer ist zu seicht
für eure Pein.
Ach, ihr Schwestern und Brüder,
was werdet ihr anfangen –
mit all diesen Kugeln und Stahlsplittern,
die in euch eingedrungen und explodiert sind?
Oh Fleisch und Haut,
Steine und Ziegel.

Unsere Vergangenheit liegt hier,
im zwanzigsten Jahrhundert.
Denkt daran, vergeßt es nicht.
Ist es wahr, daß dieses Kind,
das aufwuchs mit Kartoffeln und Mainok
aus karger Scholle,
dieses Kind,
geboren nach den Genfer Friedensverträgen,
dieses Kind,
dessen Lachen einst
über Frühlingsfelder hallte,
wenn abends die Tempelglocke erklang,
dieses Kind –
ist es wahr,
daß dieses Kind auf grausame Weise
seines Rechts beraubt wird,
ein Mensch zu werden?

Ich kann mich noch lebhaft an diese Szene erinnern: Der buddhistische Tempel war bombardiert worden, und es war nichts übriggeblieben, nur im Hauptschrein die Statue des Buddha, der dort noch immer ruhig und lächelnd saß. Viele der Kinder, die während der Bombardierung im Tempel Unterricht im Lesen und Schreiben erhielten, waren getötet oder verwundet worden.

DER EINSAME WACHTTURM

Hoch oben
auf dem Spitzenabsatz
am Schuh des Freudenmädchens
baut ihr euren Wachtturm.
Durch stets geöffnete Sehschlitze
blickt ihr
auf ärmlich gedeckte Dächer;
durch stetes geöffnete Sehschlitze
blickt ihr auf verwelkte Gärten
und verkohlte Reisfelder.
Des Nachts kehren unsere Seelen dorthin zurück
und tanzen
in der Stille.

Mittags
werft ihr
eure leeren Sardinenbüchsen, eure leeren Bierdosen,
eure leeren Colaflaschen
und eure Zigarettenstummel
hinunter.

Am Nachmittag richtet ihr
eure schwarzen Gewehrläufe
auf den Körper,
den notleidenden Körper
eures eigenen Heimatlandes.

Und wenn der Abend hereinbricht,
vertreibt ihr euch die Einsamkeit damit,
daß ihr Leuchtraketen
in den Himmel
schießt.

Selbst die winzige Ameise auf dem Strohdach
zittert vor Angst.

Stets sucht ihr andernorts
nach dem Feind.
Doch der Feind ist hier
und regiert euer Universum,
herrscht in euch und ist allerorten.
Dort, in euren Herzen,
wartet der Feind
wie Dynamit
auf den Augenblick
zu explodieren.

Hoch oben
auf dem Spitzenabsatz
am Schuh des Freudenmädchens
baut ihr euren Wachtturm.

Aber es kommt der Tag,
da werden die Tränen unseres Volkes
erst einzeln und dann millionenfach
zusammenfließen,
und aus Tropfen werden Teiche, Ströme, Flüsse.
Die Flüsse, sie strömen weiter
und weiter,
schwellen unaufhaltsam an,
bis eine Flut von Tränen
den Lippenstift und den Puder
des Freudenmädchens fortschwemmt
und mit ihnen euer Gold, euer Silber
und eure Macht.
Die Tränenflut
spült alles fort,
euren Dreck,
euren Unrat,
euren Müll.

Dieses Gedicht schrieb ich 1966.

HIER SIND MEINE HÄNDE

Hier sind meine Hände.
Ich will sie dir zurückgeben,
doch ich bete,
daß sie nicht von neuem
zerschmettert werden.

Ich bin zurückgekehrt,
bin fügsam, fühle mich ausgeliefert,
aber ohne Groll diesem großen Leid gegenüber.
Ich wurde unter deinem Stern
geboren.
Für dich bin ich geboren.
Geboren, um zehntausend Leben zu leben
mit dem Herzen eines Kindes.

Hier sind meine Hände,
sie sind auch mein Herz, mein Geist,
mein Leben –
alles, was bleibt.
Ihre einzige Macht
liegt darin,
ihr Blut zu geben
aus Hingabe und Liebe.

Hier sind meine Hände.
Ich will sie dir zurückgeben.
Denke daran,
Mutter lehrte uns,
das welke Gras auf den Gräbern
genauso zu lieben
wie die blühenden Rosen.

Für sie
und für alles andere
ist Liebe
der unberührte Morgentau.

Hier sind meine Hände.
Gesenkten Hauptes gebe ich sie dir.
Schau, die alten Wunden müssen noch heilen.
Frisch ist noch ihr Blut,
und an den Fingerspitzen
kann deine Seele haften
wie Tau,
der an zitternden Grashalmen
glitzert.

Hier sind meine Hände,
noch einmal geboren,
doch tragen sie die alten Wunden noch.
Und hier ist mein Lächeln,
weil ich niemals haßte.
Und hier ist mein Herz,
mein reines Herz
aus vergangenen Tagen.

Hier sind meine Hände,
Du erhältst sie zurück,
doch sind sie noch nicht geheilt unter ihren Bandagen.
Ich bete,
daß man sie nicht
von neuem zerschmettert.
Und ich flehe die Sterne an,
meine Zeugen zu sein.

Dieses Gedicht gehört zu meiner Kurzgeschichte: „Der naive junge Mann" (die noch nicht ins Englische übersetzt wurde).

BETRACHTUNG

Vollmond ist heute nacht,
drum laßt uns die Sterne
im Gebet anrufen.
Die Kraft der Konzentration,
betrachtet durch den strahlenden, einsgerichteten Geist,
erschüttert das Universum.

Alle Lebewesen sind heute abend versammelt,
um zu bezeugen, wie der Ozean der Furcht
die Erde überschwemmt.

Beim Klang der Mitternachtsglocke
reichen sich die Wesen aller zehn Richtungen die Hand
und vereinen sich in der Meditation
von *Mahakaruna*.

Wie erfrischend klares Wasser
entspringt Mitgefühl dem Herzen
und heilt die Wunden des Lebens.

Vom höchsten Gipfel des Geistesgebirges
strömt das gesegnete Wasser abwärts,
fließt in Reisfelder und Orangenhaine.

Von der Spitze eines Grashalms
trinkt die giftige Schlange
einen Tropfen dieses Nektars
und spürt, wie das Gift auf ihrer Zunge schwindet.

Maras Pfeile
verwandeln sich
in duftende Blumen.

Diese wundersame Wirkung des Heilwassers –
welch geheimnisvolle Verwandlung!
Ein Kind hält die Schlange nun
in den unschuldigen Armen.

Noch sind die Blätter grün im altehrwürdigen Garten.
Lächelnd glänzt das Sonnenlicht über dem Schnee,
und die heilende Quelle ergießt sich weiter gen Osten.

Das heilende Wasser –
gleich, ob an einem Zweig von Avalokitas Weiden
oder in meinem Herzen –
ist stets dasselbe.

Heute abend fallen alle Waffen
vor unseren Füßen zu Boden
und zerfallen zu Staub.

Eine Blume,
zwei Blumen,
Millionen kleiner Blumen
sprießen auf den grünen Feldern.

Das Tor zur Erlösung öffnet sich
mit einem Lächeln auf den Lippen
meines unschuldigen Kindes.

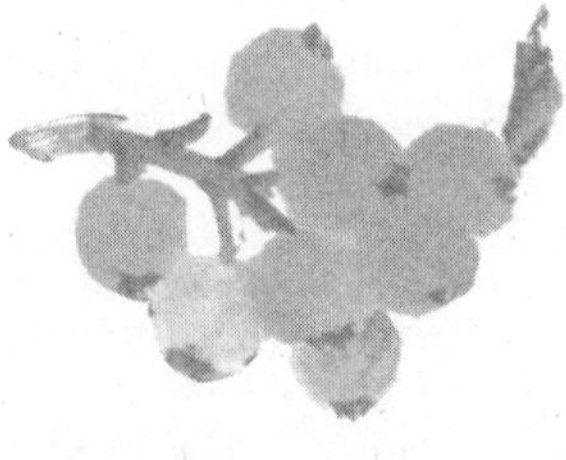

Dies ist eine *metta*-(liebende Güte-)Meditation, mit deren Hilfe wir den Balsam von *amrita* (Unsterblichkeit) erzeugen und damit unsere Herzen und die Welt verwandeln können. Dabei fließt das Mitgefühl wie Heilwasser, das einer Quelle am Berggipfel entspringt. Wenn das Wasser nun in die tiefergelegenen Felder fließt, nützt es allen Wesen. Die Schlange spürt nach nur einem Tropfen, wie ihr Gift schwindet. Das kleine Kind hält die Kobra, ohne daß ihm ein Leid geschieht. Maras Pfeile werden zu Blumen.

Für dieses Gedicht wurde ich von den Kommunisten sehr angefeindet, denn sie verstanden die Bilder falsch. Sie behaupteten, daß ich sie als Mara verteufelte, daß ich auf sie „schießen" würde, daß ich mich dafür einsetze, mit den amerikanischen Imperialisten zu leben, der „Kobra", die, wie sie sagten, niemals Mitgefühl würde empfinden können. 1965 wurde das Gedicht zusammen mit der Kritik daran in einer Hanoier Zeitung abgedruckt.

Sogar mein Essay „Eine Rose für eine Tasche" [deutsche Ausgabe in: *Der Klang des Bodhibaums,* Theseus Verlag 1995] wurde von der Nationalen Befreiungsfront angegriffen. Sie sagten: „Thich Nhat Hanh fordert die Leute auf, an ihrer leiblichen Mutter zu hängen, damit sie ihr Mutterland vergessen." Ich hatte in einer Saigoner Zeitschrift einen Artikel geschrieben, in dem ich Buddhismus und Marxismus miteinander verglich. Darin stellte ich fest, daß beide am selben Anfangspunkt beginnen, indem sie sich auf die erste der Vier Edlen Wahrheiten beziehen – dann aber bald verschiedene Wege beschreiten. Die Buddhisten wollen aufgrund der Erfahrung von Leid Mitgefühl zur Quelle der Energie ihres Handelns machen, die Marxisten hingegen benutzen Ärger als Energie.

DAS FEUER, DAS MEINEN BRUDER VERZEHRT

Das Feuer, das ihn verbrennt,
brennt in meinem Körper.
Und die Welt um mich herum
lodert im selben Feuer,
das meinen Bruder verbrennt.

Da brennt er.
Seine Gestalt überragt sogar den Berg,
und die riesige Fackel seines Leibes
erfüllt den Dschungel.

Oh mein Bruder,
laß mich auf der kostbaren Asche
deines Fleisches, deiner Knochen knien.
Ich will deinen jungen Geist
aus den Schatten heraufbeschwören
und ihm Leben einhauchen
in Gestalt einer Blume,
der ersten Lotusblume der Jahreszeit,
bevor sie jemand pflücken kann –
die erste neue Blüte vor Sonnenuntergang.

Ich kann dich jetzt hören.
Der Sturm brüllt hinein in deine Schreie.
Wenn ich dich so höre, Bruder,
fließt jede Zelle in mir
über vor Tränen.

Noch immer höre ich dich,
deinen Appell aus Himmel oder Hölle,
und ich wende mich dir zu,
wo immer du sein magst.

Einen Augenblick lang
bleibt das Herz der Welt stehen,
und die Erde schaut zum Himmel,
und beide fragen sie:
„Wo ist hoch und wo ist tief?“
Dein Name ist mit funkelnden Sternen
ins Weltall eingraviert.

Das Feuer, das dich verbrennt,
versengt mein Fleisch.
So groß ist der Schmerz,
daß all meine Tränen nicht reichen,
deine geheiligte Seele zu kühlen.

Tief verwundet bleibe ich hier zurück
und bewahre deine Hoffnungen und Versprechen für die Jugend.
Ich werde dich nicht betrügen –
hörst du mir zu?
Ich bleibe hier,
weil dein Herz
nun mein eigenes geworden ist.

Geschrieben habe ich dieses Gedicht 1963, nach der Selbstverbrennung eines jungen Mönches im Kampf gegen das Diêm-Regime. Zu der Zeit hielt ich in New York Vorlesungen an der Hochschule der Universität von Columbia. Ich startete dort eine Unterstützungskampagne für den Kampf der Buddhisten in Vietnam und übergab den Vereinten Nationen Dokumente über die Verfolgung von Buddhisten. Daraufhin sandte die UN eine Untersuchungskommission nach Vietnam, die sich über die tatsächlichen Vorgänge informieren sollte.

IM GEDENKEN AN ALFRED HASSLER

In dem Augenblick, als man dir den Lotus zeigte,
der im Feuermeer erblühte,
wurdest du uns zum Gefährten.
Die Fackel, getragen von der New York Times,
brachte Licht zum Committee of Conscience
und mit ihm eine Botschaft an Tausende
von Freundinnen und Freunden.
Tag und Nacht
bemühten sich alle,
das Töten zu beenden.

Als du bei Thich Tri Quang
vor der Tür saßest,
wurdest du zum Ehrwürdigen Thich Alfred Hassler.
Ein freundliches Lächeln,
und schon war das Zeichen des Vertrauens überbracht.

Aus der Konferenz von Menton
an der schönen französischen Riviera
und den Retreats im Kloster von Royaumont
entstand *Dai Dong.*
So begann die Glocke der Achtsamkeit zu ertönen.
Fünftausend Stimmen aus der Wissenschaft
meldeten sich zu Wort
zum Wohle von Gaia, der Göttin der Erde.
Erst nur ein Körper – dann plötzlich Zehntausende –,
der Pfad zur Zukunft stand uns offen.
Auf einmal hatten wir neue Kloppenburgs,
noch mehr De Graafs.

Eine Flagge zeigte Kindergesichter inmitten von Blumen.
Wer sagt, daß De Graaf heute nicht mehr dabei ist?
Kloppenburg, nicht dabei?
Hassler, nicht mit uns?
Noch immer seid ihr verläßliche Gefährten, uns stets verbunden.
Kraftvoll und freudig ist auch jetzt noch unser Marsch,
und so ist es auch mit unserer Freundschaft.

Der Körper, das bist nicht du.
Du bist unbegrenztes Leben.
Nie wurdest du geboren, nie wirst du sterben.
Stets waren wir freudig beisammen, werden es immer sein.
Jetzt können wir dich sehen
und halten deine Hand in unseren Händen.
Mein Körper ist eins mit dem aller Wesen.
Alfred! Wir können deinen wahren Körper erkennen.
Wir sehen dich lächeln –
dein wundervolles Lächeln.
Laßt uns in Schadowcliff
die Magnolienblüten betrachten.

Dieses Gedicht wurde Alfred Hassler und seiner Familie gewidmet und im Juni 1991 anläßlich der Trauerfeier der Gesellschaft für Versöhnung für Alfred in Nyack, New York, vorgetragen.

DIE FACKEL DER POESIE LEUCHTET NOCH

Die Fackel der Poesie leuchtet noch.
Heute abend, wenn er bereits im himmlischen Palast
seine ursprüngliche Gestalt zurückgewinnt,
wirkt die Seele seiner Poesie
noch immer inmitten der Menschen.
Sein kraftvoller Pinsel, einem Zweig von Pflaumenblüten gleich,
wich der Unterdrückung nie,
und die Fackel seiner Dichtkunst wird
in der Geschichte der Menschheit ewig leuchten.

„Sein oder Nichtsein“ –
die Frage ist wie Nebel über dem Ozean,
doch der Pfad seiner Wiederkehr
zeigt sich schon deutlich am Horizont.
Ob das Lied im Wach- oder Traumzustand ertönt –
es kommt doch von derselben Laute.
Die Flammen seines Mutes schaffen es,
der Nacht den Kummerschleier zu entreißen.

Wie eine schneeweiße Taube steigt Poesie
zum weiten Himmel empor.
Der Klang der Flut hallt in allen Himmelsrichtungen wider.
Ein Schmetterling nun oder ein Mensch,
ist er frei, jedem Traum sich hinzugeben.

Wenn der Pazifik weiter sein kraftvolles Lied singt,
dann kann die Rasse der Riesenfische überleben.

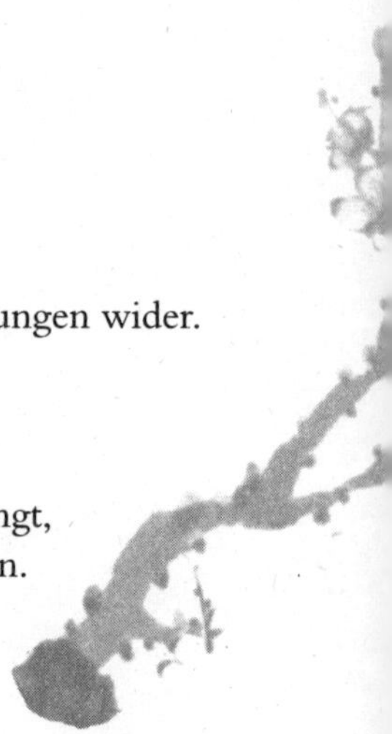

Dieses Gedicht schrieb ich für Vu Hoang Chuong nach seinem Tode. Mit seinen mutigen und kraftvollen Gedichten trug er sehr zum gewaltlosen Kampf gegen den Krieg und die religiöse Diskriminierung bei, den die Buddhisten zwischen 1963 und 1976 in Vietnam führten.

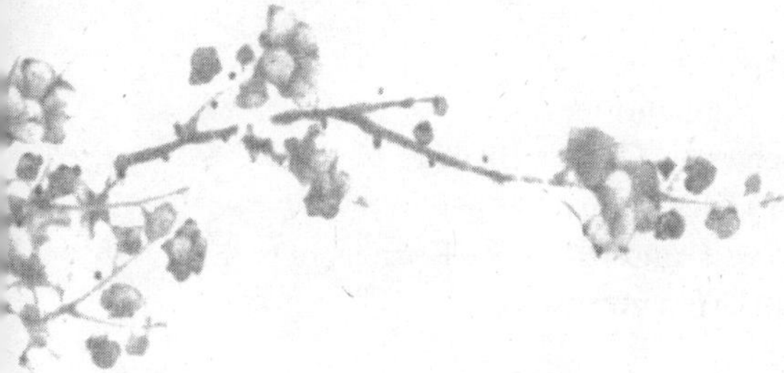

DAS IST DER EINZIGE GEIST

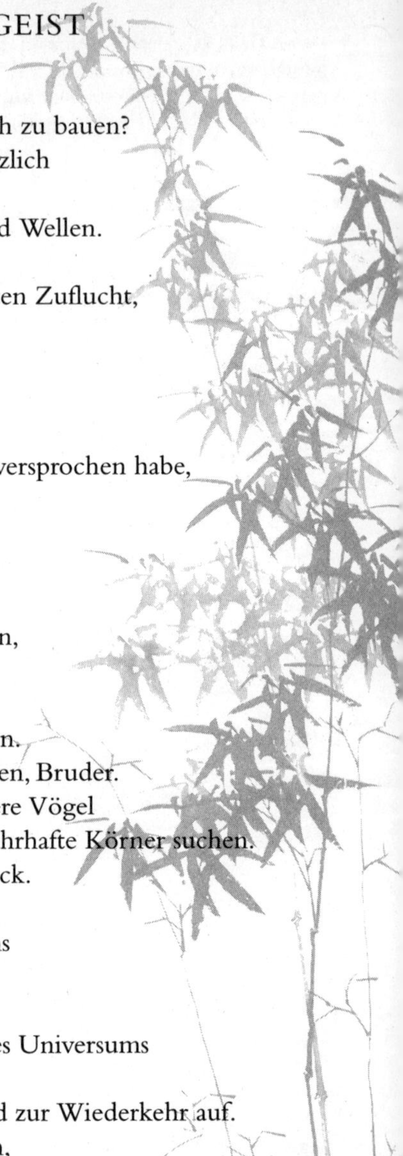

Diese Schutzwälle in dir –
wer hat dir versprochen, sie für dich zu bauen?
Heute morgen finden wir uns plötzlich
auf dem Ozean wieder –
wir treiben inmitten von Wind und Wellen.

Das Leiden selbst wird dir zur letzten Zuflucht,
in der du
die grausamste aller Nächte
verbringen wirst.

Sag jetzt noch einmal, was ich dir versprochen habe,
(lang ist es her),
damit ich an jenem Tag
dein Zeuge sein kann.

Die Pfeile, die mich niederstreckten,
trage ich noch immer
im Fleisch meines Körpers.
Ich habe sie nicht zurückgeschossen.
Sorge gut für deinen eigenen Garten, Bruder.
Ich bin ein Vogel, und so wie andere Vögel
will ich nur frisches Wasser und nahrhafte Körner suchen.
Wir kehren in deinen Garten zurück.

Sei du der Herrscher deines Lebens
und unterzeichne das Dekret,
das Leiden für immer verbannt.
Fordere sodann aus allen Enden des Universums
die Macht der Vögel und Blumen
und die lebendige Kraft der Jugend zur Wiederkehr auf.
Das ganze Universum wird lächeln,
wenn du lächelst.

Dieses Gedicht schrieb ich 1960 in dem kleinen Tempel im Bambushain bei Gia Dinh. Ich schrieb es für junge Mönche und Nonnen, um sie meiner Liebe und meiner Unterstützung zu versichern. Ich wußte, wie sehr sie unter der Situation des Krieges litten.

EINE FREIE WEISSE WOLKE

Ich erinnere mich noch daran,
wie du einst eine weiße Wolke warst
und frei umherschwebtest,
wo immer du wolltest.

Auch ich folgte meinem Kurs als ein Strom
auf der Suche nach dem unermeßlichen Ozean.

Freudig lauschtest du dem Gesang der Kiefern
auf den höchsten Berggipfeln.
Auf und ab,
hinein und hinaus,
so trieb ich
auf dem weißen Kamm
der unendlichen Wellen.

Als du die Menschenwelt so sehr leiden sahst,
daß ihre Tränen zu Flüssen wurden,
verwandeltest du dich in Regen.
Tropfen um Tropfen fiel in jeder Winternacht.
Weiße Wolken bedeckten vollständig den Himmel.
Die Sonne litt unter so viel Dunkelheit.

Die riefst mich zurück,
riefst mir zu,
wir sollten einander die Hände reichen
und uns zu einem heftigen Sturm vereinen.

Wie konnten wir denn nicht kämpfen,
wo selbst die Blumen in der Steppe
und das Gras in den Bergen
aufstöhnten unter der Qual der Ungerechtigkeit?

Du erhobst deine Arme, einem Engel gleich,
entschlossen, die Ketten und Fesseln zu sprengen.
Krieg und Dunkelheit hielten alles umfangen.
Der dunkle Gewehrlauf – äußerste Gewalt –
Knochen häuften sich bis zu den Bergen empor,
und Blut strömte in die Flüsse.

Selbst als man dir beide Hände zerschmetterte, Lieber,
wurdest du die Ketten nicht los.

So rief ich den Sturm zurück an deine Seite.
Entschlossen stellten wir uns der Gewalt.

Du warst so tapfer.
In der Dunkelheit der Nacht
verwandeltest du dich in den König der Löwen
und ließest dein kraftvolles Brüllen ertönen.
Im Nebel der Nacht
hörten Zehntausende übler Geister
dein Gebrüll
und erschauderten
voller Furcht.

Du aber, ohne Angst,
wichst niemals einen Schritt zurück,
selbst angesichts all der Fallen
und Gefahren nicht, die vor uns lagen.
Ruhig schautest du auf die Gewalt,
so, als wäre sie gar nicht vorhanden.

Was ist das Wesen von Leben und Tod?
Wie konnten Leben und Tod uns bedrücken?

Mit einem Lächeln riefst du meinen Namen.
Kein einziges Stöhnen kam von dir,
nicht einmal unter Ketten und Folter.

Nun bist du frei,
und Ketten fesseln nicht länger deinen wahren Körper.
Abermals wirst du zur weißen Wolke,
wie schon zuvor –
eine weiße Wolke,
völlig frei
am unermeßlichen Himmel.

Kommen oder gehen –
tu, was dir beliebt.
Willst du einen Blick wagen,
so verharre einfach einen Augenblick.

Was mich betrifft,
ich reite noch immer
auf dem Kamm der Wellen,
und ich singe für dich
dieses Heldenlied.

Dieses Gedicht schrieb ich für Thich Thien Minh, einen der brillantesten Mönche, die ich je kennengelernt habe. Zwischen 1949 und 1974 hatte er wichtige Funktionen in der vietnamesisch-buddhistischen Kirche inne. Während des Thiêu-Regimes war er Ziel vieler Mordanschläge. Das Regime verurteilte ihn zu zehn Jahren schwerer Zwangsarbeit, und nachdem nun die Kommunisten die Macht ergriffen hatten, wurde er in einem „Umerziehungslager" gefangengehalten. Im Gefängnis wurde er zu Tode gefoltert. Drei Tage nach seinem Tod erhielt ich in Frankreich ein Telegramm mit dieser Nachricht, und wir verbrachten die ganze Nacht damit, Dokumente über ihn zusammenzustellen, um sie am nächsten Tag der Pariser Presse zu übergeben. Danach schrieb ich dieses Gedicht.

OSTEN UND WESTEN

Rasch
fließt der Fluß
vorn am Tor vorbei.
Wolken schweben dahin,
Kindheitserinnerungen gleich.
Hinten im Garten
steht entflammt der Senf in seiner Blüte,
dort, wo verloren die Schmetterlinge flattern.

In seinen Armen hält er das Firmament
ganz dicht bei der warmen Sonne,
es gehört uns beiden.
Der Duft der Grapefruit-Blüten in meinem Haar
ist ihm nicht fremd.

Meine kleinen Hände spüren Tag und Nacht
der Seele des Kalligraphen nach,
der seinen Stift hinlegt,
um das Kind zu lehren –
Flüsse und Berge, alteingesessen,
auf meiner Schulter.
Zwei Kulturen, Osten und Westen,
drücken den tragenden Pol nieder.
Ein Hahn kräht,
und über den Kissen flüstert das Herz:
„Ist es schon Morgen da drüben?"

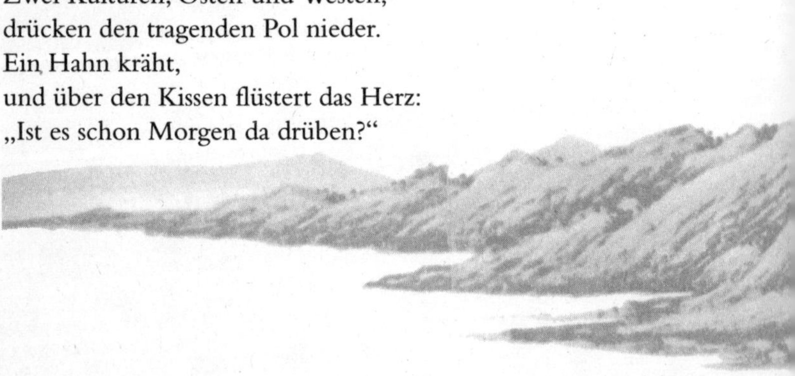

Den ganzen Winter über
schwelt rot das Feuer
und spendet unserem Vertrauen Wärme.
Er singt Verse,
und klar erklingt seine Stimme
am Schneehimmel.
Um die Zukunft am Leben zu erhalten,
ernährt er sich von eingelegtem Gemüse und Reis.
Wenn der Frühling zu den Hügeln wiederkehrt,
ist der Himmel wie Augen so blau,
und in der Ferne brechen die Blüten
des Flamboyant-Baumes auf.
Eine halbe Welt der Liebe
hat sich zur Hälfte geöffnet.

Dieses Gedicht schrieb ich für Hue Lien.

DER LEERE PFAD

Im Erschauern
des kalten Taus
kräuselt sich des Sees
spiegelglatte Fläche.
Im kalten Morgengrauen
hinterlassen deine Füße ihre Abdrücke
auf dem unberührten Gras.

Nicht ein *Lakka*-Blatt ist hier herabgefallen.
Die arme Seele des Herbstes aber
ist nach barbarischem Kreislauf
zurückgekehrt.
Die Jolle segelt heim zur alten Werft
und führt unter ihrem Verdeck
Mondlicht mit sich.

Dieses Gedicht schrieb ich 1966. Ich schickte es als Postkarte an Schwester Chân Không. Sie erhielt es an dem Tag, an dem sie wegen des Druckes und der Verbreitung von Antikriegsschriften ins Gefängnis mußte.

DIE FRUCHT DER ACHTSAMKEIT IST REIF

Meine Jugend –
eine unreife Pflaume.
Deine Zähne haben ihre Spuren darin hinterlassen.
Noch immer sind die Male spürbar.
Ich denke stets daran,
denke stets daran.

Seit ich dich lieben lernte,
steht die Tür meines Herzens stets weit offen
für die Winde aus den vier Himmelsrichtungen.
Die Wirklichkeit schreit nach einem Wandel.
Die Frucht der Achtsamkeit ist schon reif,
und nie wird die Tür sich wieder schließen.

Das Feuer verschlingt dieses Jahrhundert,
und es hinterläßt seine Spuren
in den Bergen und Wäldern.
Der Wind heult rings um mich her,
und der ganze Himmel schwankt wild im Schneesturm.

Da sind noch die Wunden des Winters –
ihnen fehlt die schneidende Schärfe des Frostes,
ruhelos drehen und wälzen sie sich
in Qual die ganze Nacht.

ICH BEGEGNETE DIR IM WAISENHAUS

Deine traurigen Augen
flossen über
vor Einsamkeit und Qual.
Du sahst mich
und drehtest dein Gesicht weg.
Deine Hände malten Kreise
auf den staubigen Boden.

Ich wagte nicht, dich zu fragen,
wo Vater oder Mutter waren.
Ich wagte nicht, an deine Wunden zu rühren.
Ich wollte nur bei dir sitzen
und ein paar Worte reden.

Ach, ihr Kleinen
von vier oder fünf Jahren –
die Knospe eures Lebens ist schon gekappt,
längst seid ihr hineingesogen in den Strudel
von Grausamkeit, Haß und Gewalt.

Warum nur, warum?
Meine Generation,
diese Altersgruppe von Feiglingen,
muß die ganze Schuld auf sich nehmen.

Ich gehe gleich fort,
und du bleibst zurück
in diesem schäbigen Hof.
Deine Augen werden sich wieder
auf den vertrauten Hof richten,
und deine Finger malen weiter
diese kleinen Kreise
der Qual
auf den staubigen Boden.

BABITA

Weit offen hält sie ihre Augen,
als sie sich in meine Arme schmiegt,
und sie zittert am ganzen Körper;
wie winzige Sirenen sind ihre Klagelaute.
Babita wagt nicht, laut zu schreien.
Auf einmal wurde sie hergebracht,
wie an einen heiligen Ort.
Auch meine Hände zittern,
als ich ihr übers Haar streiche
und ihr beruhigende Worte zuflüstere,
die sie nicht verstehen kann.
Aber langsam beruhigt sich Babita,
beruhigt sich
und liegt still in meinem Arm.

Mein Liebes, ich möchte all die kleinen
Waisenkinder von zweieinhalb Jahren
in meinen Armen halten.

Sie haben sie hier zurückgelassen,
um sich der Revolution zu widmen.
Babita kann warten,
monatelang ohne die Milch ihrer Mutter.
Sie krabbelt auf dem Erdboden im Garten,
spielt mit Exkrementen,
und der Rotz läuft ihr übers Gesicht, tropft auf die Erde.

Babita ist noch klein.
Babita kann warten –
auf den Sieg der Revolution.

Dies schrieb ich 1975, als ich die Gemeinden der buddhistischen ehemaligen Unberührbaren in Indien auf dem Lande besuchte.

DER TAG, AN DEM ICH MEIN HERZ VERLIERE

Mein Bruder, der mit der braunen Haut, hat Hunger. Hier ist die Hölle. Ich habe nicht aufgepaßt, und jetzt hast du mir meinen Anteil vom Steak weggenommen.

Mein Bruder, der mit der gelben Haut, leidet große Not. Sein kleiner Junge wurde heute morgen in der Schule ohnmächtig, denn er hatte nicht einmal eine kleine Süßkartoffel zu essen. Ich kämpfte derweil, versuchte, den Vermieter davon abzubringen, daß er die Miete erhöht. Ihr habt eure Firma mit neuen Geräten ausgestattet, und ich verlor dadurch meinen Job.

Mein Bruder, der mit der schwarzen Haut, kann seine Kinder nicht ernähren, aber seine Frau wird ständig wieder schwanger. „Wie konntet ihr nur?" Er sagte: „Was sollen wir tun?" Ohne Milch, ohne Reis, ohne Kartoffeln – so ließ die Frau ihren Säugling am Straßenrand liegen in der Hoffnung, ein liebevoller Mensch würde ihn mit zu sich nehmen. Ich habe so viel damit zu tun, für bessere Löhne zu kämpfen, ich kämpfe Tag und Nacht um den Lebensunterhalt, wie sollte ich denn die Zeit finden, auch noch helfen zu kommen?

Mein Bruder, der mit der weißen Haut, praktiziert einen dreifachen 8-Stunden-Tag. Er kann weder schlafen noch essen, so wie es der Rest der Familie tut. Er ist so nervös, daß er seine Frau schlägt und seine Kinder terrorisiert. Es ist die Hölle. Dort ist unser Kampf. Aber wie können wir nur einem Bruder zur Seite stehen, der so weit weg ist?

Ihr sagtet: „Im Interesse der Nation können wir die Entwicklung nicht aufhalten." Da ihr wißt, ich bin ohne Arbeit, gebt ihr mir eine Stellung in eurer Firma. Eure Firma stellt Bomben und Gewehre her, die in weit entfernte Länder verkauft werden. Meine Kinder sind hungrig, meine Frau weint, und fast gebe ich nach. Aber unsere Brüder dort brauchen Essen. Warum schickt ihr ihnen Bomben und Gewehre, damit sie sich gegenseitig töten?

Weil ich nicht aufgepaßt habe, habt ihr mir mein Steak weggenommen. Weil ich nachlässig war, habt ihr mir den Farbfernseher, den Mustang und das Ferienhaus am Meer weggenommen. Ihr sagt, es sei ganz leicht, ein Auto und einen Fernseher zu bekommen, ich brauche nur auf der gestrichelten Linie zu unterschreiben und für euch zu arbeiten. Ich fühle mich schon von so vielen Dingen eingepfercht, ich brauche nicht noch einen weiteren Irrgarten. Ihr sagt, ich sei verrückt, sei wie eine Schnecke, die noch nicht einmal ihr eigenes Haus tragen kann, während ich daran dächte, die Gebirge des Himalaya auf meine Schultern zu laden.

Ihr habt das Getreide genommen, mit dem sich meine Brüder hätten ernähren können, um damit eure Steaks zu produzieren, und euer Turm aus Steaks ist jetzt so hoch, daß er die Sonne verdeckt. Ich kann die Gesichter meiner Lieben nicht sehen. Aus dieser Handvoll Getreide, mit der das hungernde Kind in Uganda hätte gerettet werden können, habt ihr lieber Schnaps gebrannt, den ihr über den Berg von Steaks gießt, während Blut über unseren Planeten gegossen wird. Wie soll ich meine Probleme lösen, wenn ich weiter an meinen Bruder denke? Der Tag, an dem ich mein Herz verliere, wird, das versichere ich euch, der Tag meines Sieges sein.

Dieses Gedicht schrieb ich, nachdem ich eine Menge Leute getroffen hatte, die ernsthaft etwas für ihre Brüder und Schwestern in dieser Welt tun wollten, aber so beschäftigt waren mit ihren Alltagsdingen – wie Steak essen und Wein trinken –, daß sie nicht einmal in der Lage waren, etwas für ihre Brüder und Schwestern unmittelbar in ihrer Nähe zu tun, ganz zu schweigen von denen in der „Dritten Welt“.

EIN LOTUS ERBLÜHTE SOEBEN AUF DEM OZEAN

Ein Lotus erblühte soeben auf dem Ozean.
Ein Kind wurde geboren inmitten der Wellen.

Um Mitternacht beten an diesem 30. Januar
zweihunderteinundachtzig Menschen an Bord der Roland
in Stille.
Die Mannschaft von acht Leuten lenkt das Schiff
nach Süden Richtung Tioman-Insel.
Sie haben kein Wasser mehr
und hoffen, ihren Tank dort wieder aufzufüllen.

Die Wellen klopfen an die Seiten des Schiffes
und schlagen den Rhythmus zu den Gebeten.

Der Mond ist bereits verschwunden.
Nur das Licht der Sterne
beleuchtet deinen Pfad ins Leben,
kleines Wesen.
Tief unten schütteln die Wellen ihr silbernes Haupt.

Die Mutter liegt auf dem blanken Deck.
Sie hat nicht einmal einen eigenen Raum,
um ihr Neugeborenes willkommen zu heißen.
Und der Doktor,
auch er ein Bootsflüchtling,
erhebt sich, um den anderen
die gute Botschaft mitzuteilen.
Die Schreie des Säuglings, der gerade ins Leben tritt,
werden vom Wind fortgeweht.
Matt lächelt die Mutter,
und zweihunderteinundachtzig Menschen klatschen,
als der Kapitän sie wissen läßt:
„Wir fahren Richtung Süden,

und unsere Anzahl an Passagieren
beträgt nunmehr zweihundertzweiundachtzig.
Wir wollen Buddha und Gott danken."

Das kleine Radio, das das Schiff mit der Küste verbindet,
trägt die gute Nachricht zum Kontinent.
Die menschliche Rasse ist noch da.
Heute nacht erfahren die auf dem Festland von der Ankunft
der kleinen Rolanda Thi Nguyen.

Wo kommst du her, du Kleine,
und wo gehst du hin?
Warum hast du dich entschieden,
auf diesem Flüchtlingsboot zur Welt zu kommen?

Sie stellt keine Fragen,
aber wir müssen Antworten geben.
Wer ist so herzlos, die kleine Lotusblume,
die um Mitternacht auf den Wellen erblühte,
in den Tiefen des Ozeans umkommen zu lassen?

Bruder, Schwester, sagt mir,
wohin sollen wir sie bringen?
Wir brauchen eure Hilfe.

1967 wurde während einer Hilfsaktion zugunsten der Boat People ein kleines Mädchen auf einem der von uns angemieteten Boote, der *Roland,* geboren. Als wir die Nachricht von ihrer Geburt erhielten, schrieb ich dieses Gedicht.

EINE BITTE UM LAND

Verloren in den Stürmen
der offenen See
treibt unser kleines Boot.
Wir sind auf der Suche nach Land
in endlosen Tagen, endlosen Nächten.

Wir sind der Schaum,
der auf dem weiten Ozean treibt.
Wir sind der Staub,
der durch den unendlichen Raum zieht.
Unsere Schreie verlieren sich
im Heulen des Windes.

Ohne Essen und Wasser
liegen unsere Kinder entkräftet da,
bis sie nicht mehr schreien können.

Wir dürsten nach Land,
aber von jeder Küste schickt man uns fort.
Immer wieder stiegen unsere Signale empor,
doch die Schiffe, die vorbeifahren,
machen nicht halt.
Wie viele Boote sind schon gesunken?
Wie viele Familien ruhen in den Wellen?

Herr Jesus, hörst du die Gebete unseres Fleisches?
Erhabener Buddha, hörst du unsere Stimme?
Ach, ihr Menschen, hört ihr nicht unsere Stimme
am Abgrund des Todes?
Oh festes Ufer,
wir sehnen uns nach dir!

Wir bitten darum, daß die Menschheit heute bei uns ist.
Wir bitten, daß Land seine Arme ausstreckt.
Wir flehen, daß uns heute Hoffnung zuteil wird
von eben diesem Land.

Unser Vorhaben war, die Bootsinsassen, die Flüchtlinge, nach Australien und Guam zu bringen. Wir arbeiteten im Untergrund, und wir hatten die *Roland* flott gemacht, um Darwin anzusteuern. Ich schrieb dieses Gedicht Anfang 1977 und übersetzte es ins Französische und Englische, um die Journalisten in den Zielhäfen zu bitten, die Geschichte auf der Titelseite zu bringen und nicht zuzulassen, daß die Behörden die Flüchtlinge wieder aufs Meer zurückzwangen.

LASST UNS UM DUNKELHEIT BITTEN, OH IHR FUNKELNDEN STERNE

Das Boot ist fort –
weit ist das Meer,
rosig der Morgen.
Ich bleibe am Ufer zurück
und zähle die Fußspuren, noch erkennbar im Sand.
Eine Gruppe besorgter Frauen und Männer ist hier,
um das Boot zu verabschieden
und zu beten für den Mann, der es führt.
„Möge die See ruhig sein und der Himmel unbewegt“, flüstern sie.
Oh Wind, trage ihr Gebet weiter.
Möge der Ozean die Stürme senden,
die das Boot weitertreiben.

Oh Leid, komm an meine Seite,
wir wollen dem Bootsführer zusehen,
wie er Himmel und Wolken betrachtet;
still wollen wir den Wellen und dem Ozean zulächeln
und nicht um die Ruhe von Ozean und Himmel bitten,
sondern um zwei Arme und ein Herz.

Oh Leid,
komm ganz dicht an meine Seite.
Hör auf mit deinem hochmütigen Gelächter.
Dank dir, wird er zu Größe gelangen.
Ohne dich wäre er nur er selbst geblieben
auf alle Ewigkeit.

Laß uns beten, daß die Dunkelheit stärker werde,
oh ihr unzähligen blinkenden Sterne!
Bei Sonnenaufgang werden wir
flimmernde Strahlen morgendlichen Lichts
vom Gipfel des Berges strömen sehen.

Nacht und Tag sind gegensätzlich,
doch Nacht und Tag bedingen einander.

Oh unschuldiges Kind,
bist du ein Geistwesen, ausgesetzt und bestimmt dazu,
nun von neuem in dieser verlorenen Welt zu leben?
Schau mich nicht so an
mit deiner kleinen gerunzelten Stirn.
Noch bist du ein Fremdling hier.
Lächle hinein in die Atmosphäre
dieses rosigen Morgens.

Lächle, du Kleines.
Mond, Wolken und Wind verharren in Stille,
ganz friedvoll, es geschieht nichts Böses.
Lächle, kleines Kind, so wie einst ich in früher Unschuld,
als ich nichts wußte, noch nichts erkannte.
Verschließt deine Ohren meinen Worten.
Bleib voller Staunen und Wunder, so wie jetzt.
Kehr an den Ort zurück, von dem du kamst.

Wenn der Tag kommt, da du mich brauchst,
und ich sollte nicht da sein,
so lausche auf das Murmeln einer Quelle
oder auf das Donnern eines Wasserfalls.
Betrachte die gelben Chrysanthemen,
den violetten Bambus,
die weiße Wolke
oder den klaren, friedvollen Mond.

Sie alle erzählen dieselbe Geschichte,
die ich heute den singenden Vöglein erzähle.

Dieses wundervolle Lied, das ihr heute morgen hört,
ihr kleinen Vögel,
entspringt aus ungezählten Leben voller Leid.
Diese Lotusblüten, die sanft ihren Duft verströmen,
reichen tief in den sumpfigen Teich.
Ich bin hier, kleines Kind,
und warte auf dich.

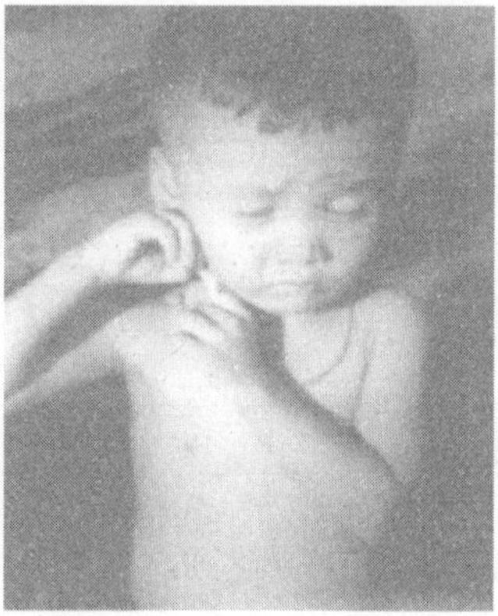

Dieses Gedicht habe ich 1956 geschrieben.

BITTE NENNE MICH BEI MEINEN WAHREN NAMEN

Sage nicht, daß ich morgen fortgehe –
denn ich komme doch heute gerade erst an.

Betrachte es ganz tief: Jede Sekunde komme ich an –
sei es als Knospe an einem Frühlingszweig
oder als winziger Vogel mit noch zarten Flügeln,
der im neuen Nest erst singen lernt;
ich komme als Raupe im Herzen der Blume
oder als ein Juwel, verborgen im Stein.

Ich komme stets gerade erst an, um zu lachen und zu weinen,
mich zu fürchten und zu hoffen.
Der Schlag meines Herzens ist Geburt und Tod
von allem, was lebt.

Ich bin die Eintagsfliege, die an der Wasseroberfläche
des Flusses schlüpft.
Und ich bin auch der Vogel,
der herabstürzt, um sie zu schnappen.

Ich bin der Frosch, der vergnüglich
im klaren Wasser eines Teiches schwimmt.
Und ich bin die Ringelnatter, die in der Stille
den Frosch verspeist.

Ich bin das Kind aus Uganda, nur Haut und Knochen,
mit Beinchen so dünn wie Bambusstöcke;
und ich bin der Waffenhändler,
der todbringenden Waffen
nach Uganda verkauft.

Ich bin das zwölfjährige Mädchen,
Flüchtling in einem kleinen Boot,
das von Piraten vergewaltigt wurde
und nur noch den Tod im Ozean sucht;
und ich bin auch der Pirat –
mein Herz ist noch nicht fähig, zu erkennen und zu lieben.

Ich bin ein Mitglied des Politbüros
mit reichlich Macht in meinen Händen;
und ich bin der Mann, der seine „Blutschuld"
an sein Volk zu zahlen hat
und langsam in einem Arbeitslager stirbt.

Meine Freude ist wie der Frühling, so warm,
daß sie Blumen auf der ganzen Erde erblühen läßt.
Mein Schmerz ist wie ein Tränenstrom, so mächtig,
daß er alle vier Meere auffüllt.

Bitte nenne mich bei meinem wahren Namen,
damit ich all mein Weinen und Lachen
zugleich hören kann,
damit ich sehe,
daß meine Freude und mein Schmerz eins sind.

Bitte nenne mich bei meinem wahren Namen,
damit ich erwache,
damit das Tor meines Herzens
von nun an offensteht –
das Tor des Mitgefühls.

Dieses Gedicht schrieb ich 1978, zu der Zeit, als wir den Boat People halfen. Es wurde erstmals auf einem Retreat im Zentrum ‚De Kosmos' in Amsterdam, Niederlande, vorgelesen. Das Retreat hatte Niko Tidemann organisiert. Auch Daniel Barrigan war damals dabei.

IHR BLEIBT LANGE AUF

Ihr bleibt lange auf heute nacht, meine Brüder.
Ich weiß es, denn die Bootsflüchtlinge
auf dem Meer
wagen niemals zu ruhen.
Ich hör, den Schrei des Windes.
Rings um mich her –
völlige Dunkelheit.

Gestern warfen sie die Leichen ihrer Säuglinge
und Kleinkinder ins Wasser.
Ihre Tränen füllten von neuem
den Ozean des Leids.
In welche Richtung treiben ihre Boote
in diesem Augenblick?

Ihr bleibt lange auf heute nacht, meine Brüder,
weil die Menschen in den Booten
auf hoher See
kaum mehr wissen, ob es die Menschheit
überhaupt noch gibt.
Ihre Einsamkeit
ist ungeheuer groß.

Die Dunkelheit ist jetzt eins mit dem Ozean,
und der Ozean – eine riesige Wüste.

Ihr bleibt auf die ganze Nacht, Brüder,
und das gesamte Universum
hängt davon ab,
daß ihr wach seid.

Dieses Gedicht schrieb ich 1976 auf Englisch während einer Konferenz in Singapur.

SCHMETTERLINGE ÜBER DEN GOLDENEN SENFFELDERN

Zehn Jahre lang hatten wir einen schönen grünen Garten.
Zwanzig Jahre lang
schien die Sonne stets auf unsere Strohdächer.
Meine Mutter kam und rief mich ins Haus.
Ich ging in den Vorgarten neben der Küche,
wusch mir die Füße
und wärmte meine Hände
am rotglühenden Herd,
und während ich auf unser Abendessen wartete,
fiel der Vorhang der Nacht
langsam über unser Dorf.

Ich werde nie erwachsen,
ganz gleich, wie lange ich lebe.
Gestern erst sah ich eine Schar
goldener Schmetterlinge
über dem Garten flattern.
Die Senfstauden standen in gelber Blütenpracht.

Mutter und Schwester, ihr seid stets bei mir.
Die sanfte Brise am Nachmittag ist euer Atem.
Ich träume nicht von ferner Zukunft.
Ich berühre den Wind und höre euer süßes Lied.
Es scheint mir, als sei es erst gestern gewesen,
daß du zu mir sagtest:
„Findest du eines Tages alles zerstört,
dann suche nach mir in der Tiefe deines Herzens."

Da bin ich wieder. Jemand singt.
Meine Hand berührt das alte Tor,
und ich frage: „Wie kann ich helfen?"

Der Wind antwortet:
„Lächle. Das Leben ist ein Wunder.
Sei eine Blume.
Glück wird nicht aus Stein erbaut."

Ich verstehe. Wir wollen uns nicht verletzen.
Ich suche euch Tag und Nacht.
Die Bäume ertasten einander in stürmischer Nacht.
Der Blitz leuchtet auf und zeigt ihnen,
daß sie dicht beieinander stehen.

Mein Bruder, sei eine Blume,
die entlang der Mauer wächst.
Sei Teil dieses wundersamen Wesens.
Ich bin bei dir. Bitte bleib.
Unser Land ist stets in uns.
So wie als Kinder können wir noch immer zusammen singen.

Heute morgen erwache ich und merke,
daß ich die Sutren als Kissen benutze.
Ich höre das aufgeregte Summen der eifrigen Bienen,
die sich aufmachen, das Universum
neu zu erbauen.

Ihr Lieben, der Wiederaufbau
dauert vielleicht tausend Lebzeiten,
aber er ist auch schon vollendet,
schon vor langer Zeit.
Das Rad dreht sich
und wir uns mit ihm.
Halte meine Hand, Bruder, und du wirst erkennen,
daß wir schon Tausende von Lebzeiten
zusammen sind.

Das Haar meiner Mutter ist duftig und lang.
Es berührt ihre Fersen.
Das Kleid meiner Schwester hängt draußen
zum Trocknen,
es segelt im Wind
über dem grünen Garten.

Es war an einem Herbstmorgen,
eine leichte Brise wehte.
Ich stehe wirklich in unserem Garten –
die Guavenbäume, der Duft reifer Mangos,
die roten Ahornblätter huschen umher
wie kleine Kinder vor unseren Füßen.

Ein Lied erklingt vom anderen Flußufer.
Ballen von seidigem goldenen Heu
überqueren die Bambusbrücke.
Welch wundervoller Duft!

Wenn der Mond
über dem Bambusdickicht aufgeht,
spielen wir zusammen am Gartentor.

Ich träume nicht. Dies ist ein wirklicher Tag
und ein schöner dazu.
Wollen wir in die Vergangenheit zurück und Versteck spielen?
Wir sind heute hier,
und wir werden es morgen sein.
Das ist wahr.
Komm, du bist durstig.
Wir laufen zusammen zur frischen Wasserquelle.

Jemand sagt, Gott habe zugestimmt,
daß die Menschheit aufsteht und Ihm hilft.
Wir gehen Hand in Hand seit undenklicher Zeit.
Hast du gelitten, dann nur,

weil du vergessen hast,
daß du ein Blatt, eine Blume bist.
Die Chrysantheme lächelt dir zu.
Tauche deine Hände nicht in Zement und Sand.
Sterne bauen sich selbst kein Gefängnis.

Laß uns singen mit der Blume
und den Vögeln am Morgen.
Laß uns ganz da sein.
Ich weiß, du bist hier,
denn ich schaue dir in die Augen.
Deine Hände sind schön wie Chrysanthemen.
Laß nicht zu, daß sie sich verwandeln
in Werkzeug, Haken und Stricke.

Was sollen wir davon reden,
daß wir einander lieben wollen?
Sei einfach du selbst.
Nichts andres brauchst du zu werden.

Laß mich selbst noch Zeugnis ablegen.
Bitte hör mir zu, als sei ich ein sprudelnder Quell.

Und hole Mutter. Ich möchte sie sehen.
Ich werde für dich singen, liebe Schwester,
und deine Haare, sie wachsen
wie Mutters, so lang.

Mit diesem Gedicht hatte ich 1963 in New York begonnen, kurz bevor ich nach Vietnam zurückkehrte. Nach dem Fall von Diêm hatten mich meine Mönchsbrüder gebeten, die Universität von Columbia zu verlassen und ihnen beim Wiederaufbau des Landes behilflich zu sein. Als ich nach Vietnam kam, entwickelte ich dieses Gedicht weiter. Es handelt vom Wiederaufbau des Landes und von der Art des Handelns, die als „Nichthandeln" bekannt ist. Wir müssen gar nicht viel tun, wenn wir wissen, wie wir *sein* können. Wenn wir aufhören, uns zu freuen, aufhören zu singen, dann sind wir in eine Art Gefängnis geraten. Die Sterne am Himmel bauen niemals Gefängnisse.

DA BIN ICH WIEDER, UM DIE ALTEN SEITEN AUFZUSCHLAGEN

Plötzlich heiße ich mich selbst willkommen –
ich bin wieder da.
Der Bezugspunkt ist nicht mehr sichtbar,
und der Traum der letzten Nacht
besteht nur mehr
aus illusionären Bildern.
Die Wände, die mich abschirmen von Wind und Regen,
bilden ein warmes Eckchen.
Die flackernden Kerzen rufen den Duft
eines Neujahrsabends hervor.
Es regnet. Drinnen im Haus wird Abendessen serviert.
Ein paar Korianderblätter bringen mir die Heimat wieder nahe.
Plötzlich sind alle Grenzen fort,
verweht vom Sturm am Mittag,
und alles liegt offen da.
Ist nicht die Sonne von heute auch die von gestern?

Vögel heben sich ab gegen den purpurnen Abendhimmel.
Die beiden Enden der Zeit treffen zusammen
und schieben mich sanft
zu einer neuen Öffnung.
Die Vorhänge des Abends, bestimmt dazu,
den Raum einzufangen,
werden plötzlich zu Trauerweiden.
Wolken rufen einander zu,
sich auf dem Gipfel des Berges zu treffen.

Ich bin zurück. Ich bin dabei, die alten Seiten aufzuschlagen.
Das Feuer hat alle Papiere verbrannt.
Mantras aus Worten haben sich als machtlos erwiesen.
Heftig weht der Wind.
Da hinten, am Ende des Himmels,
die schlagenden Flügel eines seltsamen Vogels.

Wo bin ich?
Der Konzentrationspunkt ist die Erinnerung.
Das wirkliche Zuhause ist die Kindheit mit ihren Grashügeln.
Die violetten *tía-tô*-Blätter
tragen einen reifen Herbst in sich.
Deine kleinen Fußspuren auf dem Pfad
sind wie Tautropfen auf jungen Blättern.
Meine Briefe an dich
sind wie die Kirchenglocken.
Ein goldener Blumenhimmel
ist in einem Senfkorn enthalten.
Ich lege meine Handflächen aneinander
und lasse
eine Blume wundersam
in meinem Herzen erblühen.

STETS DERSELBE GEIST

Die Sterne und der Mond sind noch immer schön
in klaren Nächten.
Die Bucht mit den Weiden ist noch immer grün,
und anmutig winkt der Thujabaum in der Brise.
Wenn wir auch unsere Heimat vermissen,
so gewähren uns die Blüten auf dem Hügel
doch Gastfreundschaft.
Die üppige Vegetation schenkt den Hügeln Lebendigkeit,
schenkt dem Mond seine Kraft.
Die Kürbispflanzen haben Blüten hervorgebracht,
und Kinder spielen in der Sonne im Garten.
Wir stellen Bücher her und verschicken sie mit der Post.
Auch wenn wir einfach leben, ist jeder Tag unseres Lebens
wie ein Festtag.

Die Neuigkeiten aus der Heimat sind nicht ermutigend.
Die Tempel dürfen ihre Glocken nicht erklingen lassen.
Viele Kinder haben keine Eltern mehr.
Viele Menschen leben in Umerziehungslagern.
Schriftsteller und Künstler verharren in tödlichem Schweigen.
So viele Bootsflüchtlinge, auch Kinder,
schweben im Golf von Siam in Gefahr.

Die Liebe hat Mühe, sich Ausdruck zu verschaffen.
Was können wir tun?
Unsere Hände stehen zur Verfügung.
Wir sind bereit.
Was können wir tun?
Die Antwort kommt gewiß,
wenn wir wissen,
wie wir inmitten all des Aufruhrs
Vertrauen und Gelassenheit bewahren.

Die Sonne schickt noch Strahlen
auf den Hügel dort oben.
Die Kirschblüten sind noch immer lieblich,
auch Mond und Sterne sind schön in klaren Nächten,
die Weiden noch immer grün,
und die Thuja winkt anmutig zu uns herüber.

KINDHEIT AUF DEM DORF

Gerade höre ich,
wie das Blumenlied einer Arekapalme
mich ruft.
Schräg steht die Sonne an diesem Spätnachmittag
und verblaßt, wird zu einem erweckenden Herzschlag.
Der Raum verwandelt sich, bekommt Federn
und wird zu weißen Vogelschwingen.
Echos erschallen
vom alten Kai am Flußufer.
Die aufkommenden Winde der Dunkelheit
bringen ein weißes Seidenkleid zum Flattern.
Stare bilden eine schwarze Brücke über den Himmel.
Schilf aus den Sandstreifen bürstet den Fluß.
Ein Büffelkalb jagt die untergehende Sonne.

Das Rinderhorn ertönt und ruft zur Nachtruhe.
Dämmerung bricht herein.
Rauch steigt empor.
Hier und dort glüht Feuer unter den Strohdächern
und kündet die Abendmahlzeit an.
Ich gehe hinaus und will dich ins Haus rufen,
doch ich sehe nur die zerfetzten,
verdrehten Schleier der Leere.

Ich sehnte mich nach Hause. Dieses Gedicht, das ich in Paris verfaßte, ist das einzige, das ich je auf der Schreibmaschine schrieb.

HEIMAT

Meine Heimat ist genau hier
mit Bananenhainen, Bambusdickicht, Flüssen, Eichen.
Die Erde unter mir ist voller Staub.
Aber jedesmal, wenn ich nach oben schaue,
sehe ich wundervolle Sterne.

DAS LIED VOM NICHT-KOMMEN UND NICHT-GEHEN

Als ich mein Zuhause verließ,
war ich noch ein Kind.
Jetzt kehre ich als alter Mann zurück.
Die Leute im Dorf sprechen noch immer mit demselben Akzent,
aber mein Haar und mein Bart sind völlig weiß.
Die Kinder im Dorf sehen mich,
aber sie kennen mich nicht.
Sie schauen sich an und kichern:
„Wo kommen Sie her, alter Herr?"

Wo kommen Sie her, alter Herr?
„Ich komme vom selben Ort wie ihr auch,
aber ihr wißt nicht, daß es da eine Verbindung zwischen uns gibt."
An diesem Morgen streiche ich meinen schneeweißen Bart.
Die jungen Blätter an den Bäumen sind frisch und grün.
Sie erkennen keine Verbindung zwischen sich und dem Samenkorn,
das vor so vielen Jahren auf diesem Stück Erde Wurzeln schlug.
Die Leute im Dorf sprechen noch immer mit demselben Akzent,
aber nach so vielen Jahren ist es euer Dorf geworden.
In euren erstaunten Augen bin ich nur ein seltsamer, alter Besucher,
der aus einer unbekannten Welt auftaucht.
Kommen oder gehen, weggehen oder wiederkommen –
wer von uns ist nicht ein Wandernder?

Wo kommen Sie her, alter Herr?
Ihr erkennt es nicht. Wie solltet ihr auch?
Selbst wenn ich euch die alten Lieder singe,
die ich in diesem Dorf einst gelernt,
bin ich in euren Augen noch immer ein Fremder.
Wenn ich euch sage: „Dies ist mein Dorf",
dann tanzen eure Augen, und ihr lacht.
Und ich lache auch, wenn ihr dann sagt,
ich erzähle nur eine Geschichte.

Der Bambus, das Flußufer, die Halle im Dorf –
alles ist noch da.
Sie haben sich verändert und auch wieder nicht.
Ein neuer Bambusschoß, ein neues rotes Ziegeldach,
eine neue kleine Straße,
ein neugeborenes Kind –
was ist der Sinn meiner Wiederkehr?
Ich weiß es nicht.
Mich verfolgt ein Bild aus der Vergangenheit.
Der Reisende hat keinen wirklichen Ausgangsort
und auch keinen Ankunftsort.
Wer ist er, der Erforscher der dreifachen Welten?

Wie in ein vergangenes Leben –
die Süßkartoffeln und Rübenwurzeln, das Heu, das Häuschen –
kehre ich zurück in mein Dorf.
Doch die, mit denen ich einst arbeitete und sang,
sind denen fremd, die ich heute antreffe.
Überall sind die Kinder, die rotgedeckten Ziegeldächer,
die schmalen Straßen –
Vergangenheit und Zukunft betrachten einander,
und die beiden Ufer werden plötzlich eins.
Der Pfad der Wiederkehr setzt die Reise fort.

Ich schrieb dieses Gedicht Anfang 1967, nachdem ich das Heidelberger Schloß besichtigt hatte. An jenem Tag hatte ich das klare Empfinden, schon vorher einmal dort gewesen zu sein, obwohl dies mein erster Besuch dort war. Außerdem wurde das Gedicht beeinflußt durch ein vierzeiliges Gedicht aus der Feder eines chinesischen Poeten der Tang-Dynastie: „Ich verließ mein Zuhause, als ich ein Kind war. Jetzt kehre ich zurück mit weißem Haar und weißem Bart. Aber der Dialekt des Dorfes ist noch derselbe. Die Kinder sehen mich, aber sie erkennen mich nicht. Sie lachen und fragen: ‚Wo kommen Sie her, alter Herr?'" Dieses Gedicht handelt vom Nicht-Kommen und Nicht-Gehen. *Der Pfad der Wiederkehr setzt die Reise fort* ist der Titel eines Stückes, das ich zu Ehren von Nhat Chi Mai schrieb, die sich für den Frieden in Vietnam verbrannt hatte, und für die Schülerinnen und Schüler der Schule der Jugend für Sozialarbeit, die getötet worden waren.

Eine der Bezeichnungen für den Buddha ist *Tathagata,* derjenige, der aus der Soheit (der letztendlichen Wirklichkeit) kommt und in die Soheit eingeht. Es gibt eine Erläuterung dieses Begriffes im *Diamant-Sutra,* die besagt, daß ein Tathagata jemand ist, der von nirgendwoher kommt und nirgendwohin geht. Die dreifache Welt ist die Welt der Begierde, die der Form und die der Nicht-Form. Ist eine Person befreit von den drei Welten, so kann sie als emanzipiert bezeichnet werden.

Leben und Tod, Vergangenheit und Zukunft werden oft als Gegensätze betrachtet, nicht als etwas, das derselben Realität angehört. Das ist aber nicht wahr. „Die beiden Ufer werden plötzlich eins." Ich dachte an die beiden Ufer, die getrennt sind durch das, was wir Tod nennen. Wenn ein Mann stirbt, wird er von seiner Liebsten durch so etwas wie einen Fluß getrennt, den er nicht überqueren kann. Aber ist das wirklich so? Es gibt einen Fluß, der beide Ufer trennt, aber man kann immer ein Boot benutzen. „Vergangenheit und Zukunft betrachten einander." Und wenn sie einander betrachten, spiegeln sich ihre Augen gegenseitig.

In meiner Tradition sagen die Leute, wenn du einen alten Menschen respektierst, dann hast du ein langes Leben. Tust du es nicht, stirbst du in jungen Jahren. In einem vietnamesischen Haushalt trifft man gewöhnlich drei Generationen unter einem Dach an. Die alten Leute kümmern sich um die Enkelkinder. Die Großeltern sind es, die ihren Enkelkindern Märchen erzählen. Sie brauchen sich gegenseitig. Die alten Leute werden wieder zu Kindern. So ist es ganz natürlich, daß sie miteinander spielen. Das junge Paar denkt eher an die Zukunft.

Manchmal betrachten sie sogar die alten Leute als kleine Kinder und behandeln sie liebevoll als solche.

All diese Hinweise mögen zum Verständnis dieses Gedichts beitragen.

EXISTENZ

Es ist Nacht.
Regen prasselt auf das Dach.
Die Seele erwacht
einer überflutenden Erde entgegen
einer stürmische See,
die erst brüllt,
dann verebbt.

In diesem kurzen Augenblick
flüchtig wechselnde Linien und Umrisse,
kaum erkennbar.

Bevor dieser Moment umschlägt
in Melancholie,
erklingt Lachen
in stillen Regentropfen.

Dieses Gedicht wurde 1965 in Saigon verfaßt. Es regnete heftig. Ringsum war so viel Tod und Morden, so viel Zerstörung. Und dennoch konnte ich einen Moment lang das Lachen in einem Regentropfen hören.

KLEINER STERN

Wo bist du gewesen, kleiner Stern?
Von meinem Fenster aus
habe ich überall
nach dir Ausschau gehalten
inmitten der dunklen Wolken.
Wo bist du gewesen?
Ich fühle mich so verlassen
wie ein kleiner Vogel,
verloren auf einer nebligen Insel.

Nächtelang hat es geregnet.
Die Stadt ist so kalt und verlassen.
Spät in der Nacht sehe ich
auf dem Gehsteig
die Silhouetten einsamer, nasser Gestalten.

Ich bette mein Haupt auf einen Stapel alter Bücher,
so wie die alten Dichter.
Ich habe versucht, dein Bild
tief aus meinem Bewußtsein hervorzuholen,
während Wind und Regen draußen weiter wüten.

Heute abend, wenn ich mich
über meinen Schreibtisch beuge,
den Kopf auf die Hände gestützt,
kann ich mir nicht vorstellen, daß der Wind
alle Wolken davongeweht hat.
Der Himmel ist klar.
Der Regen hält inne und wartet auf deinen Ruf.
Ich bin überrascht, durchs Fenster zu sehen,
daß du wieder da bist.
Du bist zurückgekehrt.

Lieber kleiner Stern,
du mußtest durch solche Stürme, durch Regen und Wind.
Wohin bist du gegangen?
Wie lange und in welch seltsamem Land hast du geweint?
Du bist zurückgekehrt.
Deine Augen sind noch immer voller Erstaunen,
wenn du mich jetzt am Fenster betrachtest.
Wo warst du in diesen stürmischen Tagen?
Dein kleiner Körper, geschüttelt von unzähligen Winden,
zittert noch vor Kälte.
Friedlich ruhst du auf dem Boden der Kristallschale,
und mit Tränen in den Augen erinnerst du dich:
„Heute hat das Himmlische Königreich
ein großes Fest gegeben für Tausende von Sternen.
Der Himmel ist klar.
Alle Wolken sind fortgeweht.
Ich stieg hinauf zum Königreich,
kniete nieder und betete für unser Heimatland –
für das Ende von Haß, Töten,
Flutkatastrophen, Feuer und Grausamkeit
in unserem armen Land."

Deine Stimme hat Millionen Sterne erreicht,
und alle haben sich in wundervolle Tränen verwandelt,
die in der Luft erzittern.
Tiefen Dank sage ich den zehntausend kleiner Sterne,
deren Treue so fest ist wie ein Diamant.
Wie Blumen erblüht ihr,
und strahlend leuchtet ihr im weiten Reich des Bewußtseins.
Mein kleiner Stern,
du bist nach Haus zurückgekehrt.
Mit Tränen in den Augen rufe ich deinen Namen
und bin glücklich.

Berührst du tief die historische Dimension,
findest du dich wieder in der letztendlichen Dimension.
Berührst du die letztendliche Dimension,
so hast du die historische Dimension nicht verlassen.

ZWEITENS

DIE LETZTENDLICHE DIMENSION

DAS DONNERN VORBEIZIEHENDER SCHWINGEN

Der alte Pfad
und seine Fußspuren –
der Duft der Zeit riecht nicht nach Veilchen;
die Farbe der Zeit ist nicht die des Himmels.

Staub auf meinem Weg,
Moos auf dem wilden Gestein,
Ruß auf dem alten Holz.
Die Zeit fließt nicht.
Das Grenzenlose ist verdichtet –
über meinem Kopf das Donnern vorbeiziehender Schwingen.

In seiner Hand befindet sich
die wahre Kraft, zu öffnen und zu schließen.
Laß den Wanderer an seinen Ausgangspunkt zurückkehren.
Heute finde ich mich ganz allein
an diesem Kreuzweg,
der beides, Öffnen und Schließen, ermöglicht,
Aufstieg und Abstieg.

In einem erschütternden Augenblick
rüttelt mich
das Echo der Jahrhunderte,
das Geräusch der Schritte,
in der Gegenwart vernehmlich,
wach.

„Eines offen, das andere geschlossen – das ist das Tao" ist eine Sentenz aus dem *Tao Te Ching*. Dieses Gedicht entstand zur selben Zeit wie *Winken*.

DIE SCHÖNHEIT DES FRÜHLINGS STELLT SICH MIR IN DEN WEG

Der Frühling kommt langsam und leise,
erlaubt dem Winter, sich zurückzuziehen,
langsam und leise.
Die Farbe des Berges hat heute nachmittag
die Tönung von Wehmut.
Die schreckliche Blume des Krieges
hat ihre Spuren hinterlassen –
zahllose Blütenblätter von Trennung und Tod
in weißer und violetter Färbung.

Ganz sacht öffnet sich die Wunde
in der Tiefe meines Herzens.
Ihre Farbe ist die Farbe des Blutes,
ihr Wesen das Wesen der Trennung.

Die Schönheit des Frühlings stellt sich mir in den Weg.
Wie könnte ich einen anderen Weg
zum Berg hinauf finden?

Ich leide so. Vereist ist meine Seele.
Mein Herz vibriert wie die zarte Saite einer Laute,
ausgesetzt in stürmischer Nacht.
Ja, er ist hier. Der Frühling ist wirklich gekommen.
Aber unverkennbar hört man
das Wehklagen im wundervollen Gesang der Vögel.
Der Morgendunst ist schon geboren.
Die Frühlingsbrise spricht in ihrem Lied
von meiner Liebe und auch von meinem Leid.
So gleichgültig zeigt sich das All.
Warum?
Allein kam ich zum Hafen,
und allein gehe ich nun fort.

So viele Pfade führen in die Heimat.
Alle sprechen schweigend mit mir.
Ich rufe das Absolute an.

Der Frühling breitet sich aus
in alle zehn Himmelsrichtungen.
Sein Lied, ach, ist doch nur das Lied
des Fortgehens.

Dieses Gedicht entstand 1951. Ich schrieb es keine zwölf Stunden, nachdem ich mich in eine Nonne verliebt hatte. Es geschah am Neujahrsabend im Vien-Giac-Tempel im wunderschönen Dorf Cau Dat im Hochland von Vietnam. Sie war zwanzig. Uns beiden wurde klar, daß wir weiterhin Mönch und Nonne sein wollten. Deshalb beschlossen wir, uns zu trennen. Das war nicht leicht. Ich hatte das Glück, damals in einer liebe- und verständnisvollen Sangha zu leben, die mir dabei half. 41 Jahre später habe ich diese Liebesgeschichte auf Englisch anläßlich eines 21-Tage-Retreats in Plum Village erzählt, als ich über das Thema der Vipassana-Meditation in der Mahayana-Tradition sprach. [siehe *Aus der Tiefe des Verstehens die Liebe berühren,* Theseus Verlag 1996]

NICHT-GREIFEN

Verlassener Strand,
Fußspuren im Sand,
vom Regen ausgelöscht –
die Verzweiflung kommt von nirgendwoher,
und ihre Füße berühren noch nicht die Erde.

Plötzlich höre ich aus der Ferne das Flüstern
der sanften Frühlingswinde,
und die Verzweiflung ist fort.

Dies schrieb ich 1966. Ein Gefühl von Besorgnis oder Angst kann mit einigen bewußten Atemzügen transformiert werden. Diese Angst ist wie eine Wolke, die versucht, sich auf mir niederzulassen. Ich atme ein und aus, und sie verschwindet.

STILLE

Das Papier riecht wundervoll,
wenn ich die Seiten dieses alten Buches umblättere.
Das Wasser in meinem Glas
lächelt mich mit Kristallaugen an.
Plötzlich bilden sich Ozeanwellen, eine nach der anderen,
mit ihren Schaumkronen.
Ein kalter Stein
ruft die Nebel
hinauf zum weit entfernten Berg,
wo der Wind heftig heult.

Ich wache auf.
Meine Zungenspitze ist gefroren
von den Tautropfen,
die mir ein Grashalm spät in der Nacht gesandt.
Lichtblitze kreuzen sich
wie Schwerterklingen.
Vielleicht der Beginn eines Sturms.
Hastig ziehen Wolken vorüber.
Aus dem Osten ertönt drohend
das Signalhorn.

Wo ist mein Regencape aus vergangener Zeit?
Winde jagen die Blätter umher.
Braun sind die Linien und Rillen,
Spuren, die dein Besen hinterließ,
die Farbe deines Arms,
der Schweiß, der die Reisfelder überschwemmt.

In diesem Augenblick ist unser Planet irgendwo
verloren im Unbekannten,
und der Riesenvogel
schüttelt seine Flügel im Weltall.
Das All planscht
in Pfützen.
Das All explodiert.
Da kämpft eine Sonne
im Auf und Nieder
des Ozeans
wie ein Riesenfisch mit gewaltigen roten Augen.
Mein Teleobjektiv versucht, diese Bilder
der Vorgeschichte einzufangen.
Schau! Gerade wird die Tür geöffnet,
wird die Zukunft in Freiheit entlassen.
Viele Leben lang
hat diese Tür die Zukunft daran gehindert
zu fliehen.

Heute morgen, auf meinem Weg in den Wald,
weiß ich durch den Gesang des Vogels,
daß du da bist, frei,
frei auf einem grünen Pfad.
Kleine Knospen, Blumen und winzige Blätter
winken dem All zu.
Die Hand,
diese Hand, die den Balancestab des geschickten Artisten hält,
dirigiert die Welt des Klangs.
Alle Klänge kehren zurück
zu dem einen Ort
der großen Stille,
diesem Ort der großen Leerheit.

Zuviel Licht ist dort –
zuviel Licht für ein Kind, das gerade ins Leben tritt.

Nun sehe ich
unsere Großmutter,
wie sie ihr Haar hinten am Kopf
einer Zwiebel gleich zusammengebunden trägt.
Sie fegt Bambusblätter zusammen.
Dann sammelt sie die Blätter zu einem Häufchen
und verbrennt sie.
Der Rauch steigt empor
und wärmt den Himmel.
Der Buddha lächelt hinter einen dünnen Wolke.
Heute nacht ist Vollmond.

APRIL

Der April ist wieder da,
zwischen Bäumen, die dastehen
wie die Säulen einer Kathedrale.
Mitgefühl ist wie der Regen,
der von den Bergen und Wäldern kommt.
Die mütterlichen Hände, so wundervoll,
sind bereit, uns zu empfangen
in der Wärme und dem Licht des Frühlings.
Am ersten Tag, als ich zum Leben erwachte,
kamen von überall her seltsame Vögel, um zu singen.
Ich war wie ein argloses Reh.
Ich schaute auf den blauen Himmel,
das klare Wasser, die jungen Blätter.
Ich lernte, die Dinge zu berühren,
als alles aus der Tiefe der Erde heraus
zu sprießen begann.

Der Wald probiert ein neues Kleid.
Das kleine Reh betrachtet sein Bild im Wasser.
Es lauscht auf das Murmeln ferner Winde,
während der Lebenssaft emporsteigt.
Wo immer das Leben Knospen zeig, hört es Gesang.
Meine Heimat ist der Regenwald,
wo die vielen uralten Bäume
noch immer danach streben, in die Höhe zu wachsen.

Immer wenn das Licht auf die Bäume fällt,
steigt der Duft des Dschungels zum Himmel hinan.
Hoch oben schweben Wolken und bieten Schutz.
Da ist der Wald.
Da ist auch die Wiese.
Und da ist auch der Strom,
der mit seinem Wasser die Erde erfrischt.

Kaum hatten Erde und Himmel mich zum Leben erweckt,
sangen auch schon die Vögel ihre Musik,
und die Bäume sandten ihren Duft.
Ich werde größer.
Jetzt spielt das Wasser der Quellen die Musik.
Es ist der zweite Tag.
Und das Reh nähert sich dem Strom.
Angestrengt versucht es zu lauschen.
Heftig rinnt der Lebenssaft und drängt die Blumenknospen,
die voller Scheu kaum erblühen mögen.
Dabei ist nun schon der dritte Tag.
Die Blumen beginnen zu blühen.
Der Sonnenschein macht den zarten Blütenblättern Freude.
Der vierte Tag ist da. Kirschblüten eröffnen das Fest.
Hörst du etwas Merkwürdiges im Lied des Aprils?
Am fünften Tag bringt die Dämmerung Überraschendes.
Der Wald erwacht inmitten des Duftes.
Ganz plötzlich erscheinst du im Herzen des Regenwaldes.
Sacht setzt du Fuß um Fuß, wie bedacht, uns nicht zu stören.
Mit erstauntem Blick betrachtet dich das Reh.
In diesem wundersamen Augenblick verwandelst du dich
in eine winzige Blume, die aus Mutter Erde erwächst.

Die Sonne steht am Himmel.
Eins deiner winzigen Blütenblätter trägt einen kleinen Tautropfen
und gibt vor, die Sonne zu sein, die fortwährend scheint.
Der Wald scheint von deiner Anwesenheit nichts zu merken,
obgleich du schon das unsterbliche Lied angestimmt hast.
Dein Lied klingt so, als sei es schon immer
in der feierlichen Stimmung des tiefen Waldes erklungen.
Noch immer sucht das kleine Reh nach dem, was geboren wurde,
aber es scheint gar nicht so, als sei etwas hinzugekommen,
als gäbe es etwas Neues.
Du scheinst gar nicht in der Tiefe des Dschungels verloren,
denn dein Lied fügt sich wunderbar harmonisch ein
ins Konzert einer Jahreszeit, die wir Frühling nennen.

Es scheint als sei die winzige Blume
schon von Anbeginn mit Mutter Erde verbunden.
Der kleine Vogel äugt nach links und nach rechts, dich zu sehen,
und entbietet dir eine Kette aus kristallklaren Juwelen.
Alles nimmt am Konzert teil –
die Vögel, Blumen, Bäume und Flüsse.
Niemand unterbricht mit der Frage:
„Seit wann weilst du schon unter uns?"
Deine Anwesenheit, oh kleine Blume im tiefen Regenwald!
Du bist Teil dieses *Miteinanderseins,*
das ohne Anfang ist und ohne Ende.
Du wurdest nicht geboren. Du hast dich soeben nur manifestiert.
Der Dschungel hat sein neues Kleid angelegt.

Am zehnten Tag erscheinen zwei Kinder.
Woher sie kommen, wissen wir nicht.
Sie laufen über die Wiese, unterhalten sich wie zwei Vöglein.
Am Waldesrain halten sie inne.
Der Sonnenschein erklingt wie eine Violine.
„Der April ist da", flüstert der ältere Junge
dem jüngeren ins Ohr,
als habe er gerade etwas ganz Wichtiges entdeckt.
Sie halten sich an den Händen und lauschen.
Ja, es ist das ewige Lied des Frühlings.
Sie schauen sich an.
„Der April ist in den Wald eingezogen."
Diesmal flüstert es der kleinere Junge
dem älteren ins Ohr.

Warm ist der Sonnenschein.
Da erscheint das kleine Reh am Waldesrand,
an seinen Füßen der Duft
von unzähligen Blumen im Herzen des Dschungels.
Eine Gruppe von Schmetterlingen nähert sich ihm,
vom Duft angelockt.
Der Sonnenschein spielt weiter Violine.

Sanft fließen die Flüsse fort in die Wiese,
doch Reh und Kinder sind verschwunden.
Sie haben sich im Wald verloren
auf der Suche nach dem Zentrum der Musik.

Plötzlich gibt es fürchterliche Explosionen.
Eine Horde von Eisenvögeln naht heran,
spuckt Feuer über Wiese, Fluß und Wald.
Wolken zerplatzen. Die Musik wird fortgeweht.
In allen Bäumen versiegt das Singen.
Die Blumen schließen ihre Blütenkelche. Düfte versiegen.
Das Wasser spiegelt den Himmel nicht wider.
Die Vögel schweigen wie in tiefer Nacht.

Endlich sind die Eisenvögel fort.
Frieden kehrt in den Bäumen ein.
Der Wald kann wieder lächeln,
und das Konzert lebt auf,
so, als sei es nie unterbrochen worden.
Von Blatt zu Blatt verbreitet sich die gute Nachricht.
Voll Süße erklingen alle Stimmen.
Das kleine Reh und die Kinder haben
die winzige violette Blume erspäht.
(Die Blume, die nie ihr Singen unterbrach.)

Der kleine Junge nimmt den Kopf des Rehs in seine Arme,
während sein großer Bruder ihn streichelt.
Alles und jedes vereint sich im immerwährenden Lied
der unaussprechlichen Gegenwart.
Dort draußen spielt der Sonnenschein seine Violine.
Der April hat sich im ganzen Wald ausgebreitet.
Winzige Wasserströme dringen leise in die Erde ein,
und unzählige Blumen sprießen
auf der grünen Wiese empor.

WAHRE QUELLE

Wo finde ich den Bergzug des Himalaya?
In mir ist ein starker, anmutiger Berggipfel,
der in die Höhe strebt, verloren in Dunst und Wolken.
Laß uns gemeinsam diesen namenlosen Berg besteigen.
Laß uns auf diesem alterslosen blaugrünen Stein sitzen
und still zusehen, wie die Zeit den Seidenfaden spinnt,
der die Dimension des Alls erzeugt.

Wo fließt der Amazonas?
In mir bahnt sich gewunden ein Fluß seinen Weg.
Ich weiß nicht, welchem Berg er aus der Tiefe entspringt.
Bei Nacht und bei Tage windet sich sein silbriges Wasser
einem unbestimmten Ziel entgegen.
Komm, laß uns ein Boot nehmen,
es auf den brodelnden Wassern niederlassen
und zusammen den Weg zum gemeinsamen Ziel
aller Wesen im Kosmos finden!

Welche Galaxie soll ich Andromeda nennen?
Still zieht in mir eine Milchstraße dahin
von Millionen leuchtender Sterne.
Laß uns zusammen hinauffliegen, das Netz des Alls zerreißen,
um einen Weg zu bahnen auf dem Pfad der Wolken.
Das Geräusch deines Flügelschlags wird
selbst die entferntesten Sterne erreichen.

Welche Art soll ich Homo sapiens nennen?
In mir ist ein kleiner Junge.
Mit seiner linken Hand lüftet er den Schleier der Nacht.
In der rechten hält er eine Sonnenblume als Leuchte.

Die Augen des Kindes sind Sterne.
Lockig weht sein Haar im Wind,
wie Wolken über dem alten Dschungel
an einem stürmischen Nachmittag.
Laß uns gemeinsam zu dem Kind gehen und es fragen:
„Wonach schaust du?
Wohin gehst du?
Wo ist deine wahre Herkunft?
Wo ist dein letztendliches Ziel?
Welche Wege führen nach Hause?“

Der kleine Junge lächelt nur.
Die Blume in seiner Hand wird plötzlich
zu einer hellrot leuchtenden Sonne,
und das Kind geht allein –
seinen Weg durch die Sterne.

Dieses Gedicht schrieb ich 1977. Ich vertonte es nach einem Retreat in Brasilien, in Rio de Janeiro, bevor ich nach Paris zurückflog. Ich vollendete es im Flugzeug.

DU MACHST DICH BEREIT HEUTE MORGEN

Du machst dich bereit heute morgen,
dem silbernen All eine Zukunft zu geben.
Der Phönix streckt seine Flügel aus
und erhebt sich zum gewaltigen Himmel.
Das Wasser verharrt am Fuße der Brücke,
während der Sonnenaufgang nach jungen Vögeln ruft.
Dieser Ort, der dir vor Jahren als Obdach diente,
ist nun Zeuge für deinen Aufbruch
zu den Flüssen und Ozeanen deines Heimatlandes.

Dies schrieb ich 1966 in Paris.

WINKEN

Der Morgen dämmert,
und ich sitze hier.
Eine Tasse dampfenden Tees,
grünes Gras,
dann plötzlich dein Bild aus alter Zeit.

Deine Hände –
oder ist es der Wind? –
winken.

Da – das Leuchten der frischen Knospen am Baum.
Blume, Blatt und Kieselstein –
sie alle singen das *Lotus-Sutra*.

Dieses Gedicht entstand 1966 in einem katholischen Nonnenkloster in Australien während einer Vortragsreise. Ich saß allein im grünen Gras, betrachtete die kleinen Knospen, freute mich an der üppigen Vegetation, als mir eine junge Nonne eine Tasse Tee brachte. Dann lief sie zur Glocke und sprach ein Gebet; sie hielt den Strick der Glocke eine Weile schweigend in der Hand, bevor sie die Glocke zu läuten begann. Ich sah in ihr den Archetyp einer Nonne. Ich schrieb das Gedicht und gab es ihr.

JENER FERNE HERBSTMORGEN

Sieben Jahre.
Noch immer rieche ich den Duft des Sandelholz-Stäbchens.
Und dein Bild, Mutter,
ist lebendig wie eh und je.
Es war an einem Herbstmorgen,
sonnig, aber kalt.
Du hattest beschlossen, an den Ort zurückzukehren,
von dem du gekommen warst.
Du streiftest das Oberteil deines langen, abgetragenen Kleides ab
und legtest die schwere Bürde
von Schmerz und Kummer nieder.
Ich weinte nicht.

Die Welt sah so seltsam aus.
Dein Herz blutete noch, als du gingst.
Der Morgenwind strich sanft über meine Mönchsrobe.
Golden glänzte der Sonnenschein,
blau war der Himmel.
Hoch ragten die Hügel.
Und da war dein kleines Grab in der Erde, frisch aufgeworfen.
Als die wenigen, die hinter mir standen, gegangen waren,
sprach ich allein mit dir über das Leben.
Mein Herz war völlig gebrochen,
aber ich war in Frieden mit mir.

Du hast zu sehr gelitten, Mutter,
dein Dasein wog zu schwer auf deinen Schultern.

Sieben Jahre.
Seither bist du oft zu mir zurückgekehrt,
und jedesmal warst du ganz lebendig.
Heute vergieße ich eine Träne für dich,
eine Träne des Erinnerns und des Mitgefühls.
Ich möchte deinen Schmerz und deinen Kummer teilen
mit dem Herzen eines Kindes.
Noch mit der Last des Daseins auf meinen Schultern,
kehre ich zu diesem Herbstmorgen zurück,
jenem fernen Herbstmorgen,
an dem Räucherwerk den Duft von Sandelholz verbreitete.
Du siehst mich nun auf diesem hohen Hügel,
wie mich der Sonnenschein umarmt.

Bleib den ganzen Tag bei mir, Mutter.
Ich weiß nicht, wohin mein Lebensschicksal mich morgen führt,
aber ich weiß, du bist wirklich hier.
Meine wahre Liebe,
leise will ich weinen,
den Kopf in den Armen verborgen,
jedesmal, wenn ich zurückkehre in das süße Mutterland
meiner Kindheit.

Dieses Gedicht schrieb ich sieben Jahre, nachdem meine Mutter gestorben war. Drei Jahre zuvor hatte ich einen Traum, in dem ich meine Mutter sah – jung lebendig, freudvoll und schön mit ihrem langen schwarzen Haar. Ich erwachte gegen Mitternacht und ging hinaus in den Garten, wo der Mond schien, und mir wurde klar, daß meine Mutter niemals gestorben war. Dies geschah während meines Aufenthaltes im Bao-Lok-Tempel im zentralen Hochland Vietnams.

RUHE

Kindheit –
sonniges Alter von zwölf –
was sagst du?

Alter Fluß
alte Stadt
Wolken rufen einem blauen Himmel etwas zu

Ruhe

VERSCHWINDEN

Die Blattspitzen biegen sich
unter dem Gewicht des Taus.
Früchte reifen
in der Erde des frühen Morgens.
Narzissen leuchten auf im Sonnenschein.
Der Wolkenvorhang am Tor zum Gartenpfad
beginnt sich zu heben:
Habt Mitleid mit der Kindheit,
dem Weg der Illusion.

Spät in der Nacht
erlischt die Kerze.
In einer fernen Wüste
öffnet sich eine Blume.
An anderem Ort steht eine Aster
mit erkaltetem Herzen,
die niemals ein Kassavenbeet sah,
nie einen Garten mit Arekapalmen,
die nie Lebensfreude kennenlernte –
in diesem Augenblick verschwindet sie –
und mit ihr des Menschen ewiges Streben.

Dieses Gedicht habe ich um 1966 geschrieben.

TROPFEN DER LEERHEIT

Von Tropfen der Leerheit
wird mein Herz gekühlt.
Plötzlich stelle ich fest,
mein Boot hat den Fluß überquert
und das andere Ufer erreicht.
Weicher Sand, leerer Strand,
alte Versprechungen…

Dies schrieb ich um 1966.

REISE

Hier stehen Worte geschrieben –
Fußspuren im Sand,
Wolkengebilde.

Morgen
werde ich fort sein.

BEWEGUNG

Mein Haupt gebettet auf Wellenkissen,
treibe ich mit dem Strom –
breiter Fluß,
tiefer Himmel.
Sie treiben, sie sinken
wie Blasen,
wie Schwingen.

Diese Zeilen schrieb ich 1966.

DER FLUSS AM NACHMITTAG UND DIE SEELE DER ERDE

Bäume entlang des Flusses,
Uferstraßen,
blauer Himmel,
blaue Blätter,
ein Tempel mit hohem Dach.

Die Seele des Turms
schläft
an diesem stillen
Sonntagnachmittag.

Aus der Ferne
höre ich
schwach
die Seele der Erde –
ganz allein,
während das Sternenfest
in vollem Gange ist.

Dies schrieb ich 1967 an einem Sonntagnachmittag in Paris nach einem Spaziergang entlang der Seine.

DER GESCHICKTE BOGENSCHÜTZE

Getroffen sinken die beiden Blätter des Kieferntors zu Boden.

Ein schimmernder Pfeil verläßt den Bogen,
schnellt nach oben, zerteilt den Himmel
und läßt die Sonne explodieren.

Die Blüten fallen vom Orangenbaum nieder,
bedecken den Garten mit einem Teppich –

flimmernder Widerschein.

Dieses Gedicht entstand 1967 in Paris.

PADMAPANI

Blumen am Himmel.
Blumen auf der Erde.
Lotusblumen erblühen, als seien sie die Augenlider Buddhas.
Lotusblumen erblühen im Herzen des Menschen.
Voller Anmut hält der Bodhisattva einen Lotus in der Hand
und erweckt ein ganzes Universum der Kunst.
Auf den himmlischen Wiesen sind Sterne aufgegangen.
Auch der Mond ist schon da, frisch und lächelnd.
Ein jadefarbener Kokospalmenstamm
ragt gegen den Nachthimmel empor.

Mein Geist reist in völliger Leerheit
und erreicht die Soheit auf ihrem Heimweg.

Dieses Gedicht schrieb ich 1976 nach einem Besuch der Höhlen von Ajanta in Indien.

LANKA

Tausend Jahre lang hat der Ozean diese Insel in den Schlaf gesungen.
Die Wellen bezeugen mit ihren Tönen tiefster Liebe.
Barfuß laufen Büffeljungen am Strand entlang,
ihre Haut riecht nach dem guten Geruch des Ozeans.
Alle Segel sind an diesem Morgen prall im Wind.
Lange Reihen von Kokospalmen schützen
und nähren die duftende Erde.
Bananen, Jackfruit, Mangos und Papayas sind süß wie eh und je.
Auf dem Paß ganz oben auf dem Berg regnet es heftig.
Scharf bläst der Wind,
aber die Fußspuren Buddhas, des Erhabenen, bleiben unversehrt.
Der ruhmreiche Morgen naht, ein Feiertag.
Trommelschlag begleitet die Musik.
Junge Damen vom Lande
feiern die Ankunft des Buddha –
ihre reich geschmückten braunen Füße
berühren die Erde bei ihrem freudigen, graziösen Tanz.

FREMDE KÜSTEN

Da gibt es den Versuch, den Raum einzufangen
und wieder freizulassen.
Farben versuchen, Licht miteinander zu teilen,
und ein Wolkenteppich entrollt sich unter meinen Füßen.
Drunten ein verlassener Pfad, ich blicke durch meine Seele,
und das wahre Gesicht vergangener Leben zeigt sich
im gegenwärtigen Augenblick.
Das Fenster der Zeit steht offen,
und so weht der Vorhang der Erinnerung im Wind,
im Sonnenschein und im Grün.

Eine stets sprudelnde Quelle sehe ich
hoch oben auf dem Gebirgszug des Himalaya.
Eine Wiese gibt es, die nie jemand sah –
das Gras dort ist immer frisch.
Hier und dort erscheinen am Himmel Sterne
wie kleine goldene und violette Blumen.
Der Mann beißt sich in den Finger, um sich zu konzentrieren.
Soeben ist mein Boot an fremder Küste gelandet,
ganz leise unter dem Licht der Sterne.
Ein Kind spricht.
Ist dies eine vertraute Welt?
Hört zu.

Meine Seele setzt ihren Flug fort.
Eine Erlaubnis wurde nicht zugesichert.
Der Kapitän fand seine Arme festgeschnürt
mit dem Strick der Zeit.
Plötzlich höre ich das Murmeln des Windes.
Der große Vogel hat seine riesigen Schwingen ausgebreitet.
Der Raum gehört nun völlig dir!
Wohin gehst du?
Aus der Ferne ruft ein Stern.
Obgleich der Planet sich verloren fühlt,

erscheinen Himmel und Wolken noch immer friedlich.
Nebel breitet sich aus an der Flußoberfläche.
Abendwolken sammeln sich.

Dort drüben warten auf mich
meine Mutter und mein jüngerer Bruder.
Um Mittag
erwecken der Duft der Arekablüten
und das Geräusch einer schleifenden Hängematte
das Bedürfnis nach einem Mittagessen.
Ich bleibe sitzen und fühle mich schläfrig.
Auch der Mond da draußen lehnt sich an einen Berg.
Wer bist du, junger Mann?
Heute morgen lernten wir uns kennen.
Nun lehnt er seinen Kopf an ein Kissen.
Das Denken ist wie ein langer Faden.
Die Seidenraupe benutzt ihre seidene Substanz,
um sich daraus ein Gefängnis zu schaffen.
Der Wind murmelt weiter in meine Ohren.
Ein kleiner Keks,
eine winzige Tasse Kaffee.
Halb erwacht fand ich mich wieder.

Die Stewardeß läuft wie auf einer Wolke.

TRANSFORMIERTE ILLUSION

Der Horizont mit schweren Augenlidern,
die Berge angelehnt,
sie wollen sich ausruhen auf dem Kopfkissen der Erde –
wenn die Nacht hereinbricht,
schläft der Duft des Grases und der Blumen.

Die Illusion hebt ihre Schleier.

Der Wind weht ihre Hände hoch.
Jadekerzen
schimmern im Silberfluß des Himmels.
Das offene Tor in den Hügeln
umrahmt eine Sternschnuppe, die in Feuerschrift
die heiligen Worte schreibt.
Zehntausend Leben wirbeln herum
im Kreis einer Traumillusion.
Der Augenblick dieser Nacht
offenbart
die Wirklichkeit der Welt.

Dieses Gedicht schrieb ich 1970 in der Hütte in Fontvannes.

GEISTESMOND

Aufgeregt feiert der Himmel einen neuen Sonnenuntergang.
Der Vogel mit Augen, die die Farbe des Himmels reflektieren,
hüpft umher zwischen Zweigen
und Blättern aus Kristall.
Aus langem Schlaf erwache ich und spüre,
wie die Dämmerung in mir aufsteigt,
und im Teich des Geistes spiegelt sich ein friedvoller Mond.
Der Schmetterling ist fern von seinem Heimatland.
Die violetten *tìa tô*-Blätter
künden vom Reifen des Herbstes.
Vögel singen inmitten der Blätter.
Himmel und Wolken sind voller Frieden.
Dieser Morgen ist Frieden.
Die Taube streckt ihre Flügel.
Das Kind öffnet seine Arme
für ein herzliches Willkommen.
Die Vögel heißen Tropfen neuen Sonnenscheins willkommen.
Golden ist die Farbe des Rasens.

Zehn Jahre ist es her,
daß der Schmetterling seine Heimat verließ
und auf Wanderschaft ging.

CAO PHONG

Die Nachricht kam gestern aus der Wärme der Erde.
Um Mitternacht sprudelt plötzlich vom Kontinent
eine Quelle duftender Milch im Überfluß.
Der strahlende Moment ist gekommen,
als die Sonne hoch oben
auf der Bergspitze erscheint.

Für Cao Phong („Hoher Gipfel") geschrieben, nachdem ich die Nachricht von seiner Geburt erhalten hatte.

ARME VOLLER POESIE, TROPFEN VON SONNENSCHEIN

Der Sonnenschein schwingt auf dem Raum,
und die Poesie schwingt auf dem Sonnenschein.
Die Poesie gebiert den Sonnenschein
und der Sonnenschein die Poesie.

Im Herzen der Bittermelone wird die Sonne gehütet,
aus dem Dampf einer Schale Suppe im Winter entsteht die Poesie.
Wirbelnd lauert draußen der Wind.
Die Poesie ist wieder da, um auf alten Hügeln und Steppen
zu spuken.
Und dennoch bleibt die alte Strohhütte am Flußufer stehen
und wartet.

Der Frühling trägt in seinem Nieseln Poesie.
In seiner orangefarbenen Flamme sprüht das Feuer Poesie.

Sonnenschein wird bewahrt im Herzen des duftenden Holzes,
warmer Rauch geleitet die Poesie zurück zu den Seiten
eines nicht offiziellen Geschichtsbuches.
Sonnenschein, auch wenn er sich nicht im Raum befindet,
erfüllt den Herd, der nun rosa schimmert.

Der Sonnenschein breitet sich aus,
nimmt die Farbe des Rauches an;
Poesie in ihrer Ruhe, die Farbe der dunstigen Luft.

Der Frühlingsregen enthält die Poesie in seinen Tropfen;
sie beugen sich nieder, um den Boden zu küssen,
damit die Samen keimen können.
Im Gefolge des Regens verweilt die Poesie auf jedem Blatt.
Grün ist die Farbe des Sonnenscheins, und rosa die der Poesie.
Auf ihren Flügeln bringen die Bienen
den Blumen Wärme und Sonnenschein.

Die Poesie gelangt auf den Fußspuren des Sonnenscheins
in den tiefen Wald,
und sie trinkt voller Freude den Nektar.
Aufgeregt vor Freude über die Feier
bevölkern Scharen von Schmetterlingen und Bienen die Erde.
Der Sonnenschein kreiert den Tanz, die Poesie das Lied.

Schweißtropfen fallen auf den harten Boden.
Gedichte fliegen die Furchen entlang.
Die Hacke trage ich leicht geschultert,
und Poesie entfließt dem Atem.
Unten zum Fluß hin verblaßt der Sonnenschein,
und zögernd verweilt die Silhouette des Spätnachmittags.
Die Poesie macht sich auf in Richtung Horizont,
wo der König des Lichts sich mit Wolken zudeckt.

Eine grüne Sonne findet sich in einem Korb voll frischem Gemüse,
eine wohlschmeckende und gut gegarte Sonne
duftet köstlich in einer Schale Reis.
Poesie schaut mit den Augen eines Kindes.
Poesie empfindet mit einem wettergegerbten Gesicht.
Poesie findet sich in jedem aufmerksamen Blick.
Poesie – die Hände, die irgendwo in der Ferne
das arme und verdorrte Land bestellen.

Die lächelnde Sonne, die die Sonnenblume erhellt;
die reife und kräftige Sonne, verborgen in einem Pfirsich im August;
Poesie folgt jedem meditativen Schritt,
Poesie kleidet die Seiten aus.

Diskret
verborgen in einem Essenspaket,
nährt Poesie die Liebe.

Dieses Gedicht, das Hoang Thi Van aus dem Vietnamesischen übersetzt hat, enthält viel vom *Intersein,* vom Miteinander-Verbundensein. Die Sonne ist grün, weil man sie im Gemüse wiederfinden kann. Poesie wird aus dem Holz geboren, das im Ofen brennt. Ich brauche es, um schreiben zu können. In den letzten Zeilen des Gedichts wird davon gesprochen, hungernden Kindern zu helfen. Wir haben dieses Gedicht als Neujahrsgruß verwendet.

IM WALD

Die Gemeinschaft der Bäume –
Tausende von Körpern,
und unter ihnen ein menschlicher Körper.
Zweige und Blätter winken.
Dann das Rufen des Flusses,
und meine Augen öffnen sich zum Himmel des großen Geistes.
Ein Lächeln ist
auf jedem Blatt zu sehen.

Der Wald ist hier,
weil die Stadt dort unten ist.
Der Geist aber ist mit den Bäumen gegangen
und hat ein neues grünes Gewand angelegt.

Der Sonnenschein ist die Blätter.
Die Blätter sind der Sonnenschein.
Der Sonnenschein unterscheidet sich nicht von den Blättern.
Die Blätter unterscheiden sich nicht vom Sonnenschein.
Alle anderen Formen und Töne
sind von derselben Natur.

EINSSEIN

Im Augenblick, in dem ich sterbe,
will ich versuchen, zu dir
so schnell ich kann zurückzukehren.
Ich verspreche, es dauert nicht lang.
Stimmt es nicht,
daß ich bereits jetzt bei dir bin,
da ich jeden Augenblick sterbe?
Jeden Moment kehre ich zu dir zurück.
Schau nur hin
und fühle meine Anwesenheit.
Wenn du weinen möchtest,
so weine nur.
Und du sollst wissen,
ich weine mit dir.
Die Tränen, die du vergießt,
werden uns beide heilen.
Deine Tränen sind auch meine.
Die Erde, auf der ich heute morgen gehe,
transzendiert die Geschichte.
Frühling und Winter sind beide da in diesem Augenblick.
Das junge und das abgestorbene Blatt sind wirklich eins.
Meine Füße berühren Todlosigkeit,
und meine Füße gehören dir.
Geh jetzt mit mir.
Laß uns eintreten in die Dimension des Einsseins
und den Kirschbaum im Winter blühen sehen.
Warum sollten wir über den Tod sprechen?
Ich brauche nicht zu sterben,
um wieder mit dir zusammenzusein.

EIN PFEIL, ZWEI ILLUSIONEN

Der Fluß bahnt sich einen gewundenen Weg zum Meer.
Morgen, wenn die Zeit deines Aufbruchs gekommen ist,
werde ich dich bitten, laut
dein Lied von der neuen Jahreszeit anzustimmen.
Das Echo deiner Stimme wird mich beruhigen
und mich auf meinem Weg leiten
– wenigstens für ein Stück.

In Wirklichkeit werde ich niemals fortgehen.
Selbst wenn ich es könnte, würde ich doch nirgends ankommen.
In dem Augenblick, in dem ich gehe – falls es so etwas gibt –,
wären da Monde, Wolken, Winde und Flüsse.
Und im Moment meiner Ankunft
gäbe es da auch violette Bambusstauden und gelbe Chrysanthemen.

Ein Blatt,
eine Blume –
das ist es, was du bist.
Deshalb sind wir seit Nicht-Beginn
schon immer zusammengewesen.
Es ist gar nicht möglich, *nicht* mit dir zusammenzusein.
Noch immer verstehst du mich nicht,
und wieder fragst du nach meiner Abreise.

Heute morgen,
wenn der Mond und die Sterne wieder erwachen
aus ihrem tiefen Schlaf,
scheint es, als weine die Erde.
Sie hat so viele Tränen vergossen.
Auch du solltest weinen, mein Lieber.
Deine Tränen werden Kristallen gleichen.
(Weinen macht dich schön.)
Deine Tränen werden Wüsten in grüne Gärten verwandeln,
die Erde erfrischen, sich in Knospen der Hoffnung verwandeln.

Als wir Kinder waren, wollte auch ich weinen,
immer, wenn ich dich weinen sah.
Das Lächeln der Erde,
unserer Mutter mit grünem Haar,
geleitet Vögel und Schmetterlinge zu Blättern und Blumen.
Wir wurden nie geboren.
Schau zurück auf deinen wahren Geist.

Am Tag, als ich aus der verborgenen Dimension hervortrat,
erschloß sich dir mein Bild
durch die fünf Elemente.
Doch wird dieses Bild bald entschwinden,
und dann mußt du mich suchen
in dem, was noch nicht gekommen ist
und auch nicht fortgehen kann.
Mich zu suchen,
dich zu suchen,
wird eine Freude sein!
Dich selbst wirst du finden im Nicht-Kommen und Nicht-Gehen.
Mit einem einzigen Pfeil wirst du zwei Illusionen erlegen –
und Nicht-Kommen und Nicht-Gehen inmitten von
Samsara finden,
Wasser inmitten von Wellen.

Mein Lächeln heute morgen
soll dir ewigen Frühling bringen.
Sei der Tathagata.
Sei eins mit dem Lächeln.

Am Tag, an dem du in die Illusion hineinstichst,
wirst du auch dieses Lächeln finden.
Nichts bleibt, und doch geht nichts verloren.
Heute früh rufen die Vögel und Quellen dir zu:
„Singe weiter, meine kleine Blume."

Dieses Gedicht handelt von dir und einem Dharma-Bruder, deiner Dharma-Schwester, und von Leben und Tod. Dein Bruder liebt dich so sehr, daß er Angst hat, dich zu verlieren. Er stellt sich vor, du könntest als engagierter Sozialarbeiter verschwinden oder sterben in einer Situation von Krieg und sozialer Ungerechtigkeit, und so bittet er dich, ihm irgend etwas zu hinterlassen, an das er sich halten kann auf seinem Pfad. Hier ist die Antwort des großen Bruders: „Ich werde nie geboren. Ich werde nie sterben. Wenn du in der Lage bist, mich in meiner Natur von Nicht-Geburt und Nicht-Tod zu erkennen, dann kannst du auch deine eigene Natur von Nicht-Geburt und Nicht-Tod sehen." Mit einem Pfeil kannst du zwei Illusionen zu Fall bringen: sein Nichtsein und dein Nichtsein. Dieses Gedicht wurde von beiden Seiten – dem Norden und dem Süden – während des Krieges verboten. Sie hielten es für eine Forderung nach einem neutralen Vietnam, weder kommunistisch noch kapitalistisch.

DER ALTE BETTELMÖNCH

Indem du Fels warst,
Gas, Dunst und Geist warst,
als Sternennebel mit Lichtgeschwindigkeit
zwischen den Galaxien gereist bist,
bist du nun hierher gelangt, mein geliebter Freund.
Und deine blauen Augen leuchten so schön, so tief.
Du hast dich auf den Pfad begeben, dessen Spur bereits vor dir liegt
seit dem Nicht-Beginn und dem Niemals-Enden.
Du sagst, auf deinem Weg hierher
seist du durch viele Millionen
von Geburten und Toden gegangen.
Unzählige Male seist du verwandelt worden
in Feuerstürme im Weltenraum.
Deinen eigenen Körper hast du benutzt,
um das Alter von Bergen und Flüssen zu messen.
Du hast dich manifestiert
als Bäume, Gras, Schmetterlinge, Einzeller
und als Chrysanthemen.
Aber die Augen, mit denen du mich heute morgen anschaust,
sagen mir, daß du nie gestorben bist.
Dein Lächeln lädt mich ein zu dem Spiel,
dessen Anfang niemand kennt,
dem Versteckspiel.

Oh du grüne Raupe, feierlich setzt du deinen ganzen Körper ein,
um die Länge des Rosenzweigs zu ermessen,
der hier im letzten Sommer wuchs.
Alle sagen, daß du, meine geliebte Freundin,
erst in diesem Frühjahr geboren seist.
Sag mir, wie lange bist du schon hier?
Warum auf den Augenblick warten, an dem du dich mir offenbarst,
du, die du jenes Lächeln an dir hast,
das so still ist und so tief?
Oh Raupe, Sonnen, Monde und Sterne, strömt hinaus,

wann immer ich ausatme.
Wer weiß, daß das unendlich Große zu finden ist
in deinem winzigen Körper?
Tausende von Buddhafeldern befinden sich
an jedem Punkt deines Körpers.

Mit jeder Dehnung deines Körpers mißt du die Zeit
vom Nicht-Beginn bis zum Niemals-Enden.
Der große Bettelmönch von damals
ist noch dort auf dem Geiergipfel
und betrachtet die ewig leuchtende Sonne.

Gautama, wie seltsam!
Wer sagt, daß die Udumbara-Blume
nur einmal in 3000 Jahren erblüht?

Der Klang der steigenden Flut – du mußt ihn einfach hören,
wenn du ein aufmerksames Ohr dafür hast.

Dieses „Liebesgedicht", wie Joanna Macy es nennt, hat mit dem *ursprünglichen Gesicht* zu tun. Wenn im Buddhismus eine Lehrerin oder ein Lehrer sagt: „Zeige mir dein ursprüngliches Gesicht", so ist dies eine Einladung, die eigene Natur des Interseins, des Miteinander-Verwobenseins, zu entdecken. „Mein geliebtes Wesen, du bist aus dem Mineral, dem Gas, dem Dunst und dem Bewußtsein gekommen. Mit Lichtgeschwindigkeit bist du durch viele Galaxien gezogen. Und Nicht-Beginn und Nicht-Enden sind zusammengekommen, um für dich die Wegspur zu zeichnen. Und jetzt bist du eine Raupe. Ich schaue in dich hinein und erkenne das. Obwohl du klein aussiehst, hast du im Weltall einen Feuersturm erzeugt. Und du hast das Alter von Fluß und Bergen mit deinem winzigen Körper gemessen." Das unendlich Kleine enthält das unendlich Große. Meditation zu praktizieren ist wie den geliebten Menschen zu suchen. Der alte Bettelmönch, Buddha Shakyamuni, sitzt noch immer dort. Glaube nicht, er sei verschwunden. Noch immer betrachtet er den wundervollen Sonnenuntergang. Seine Predigt ist noch immer kraftvoll wie der Klang der steigenden Flut, wenn deine Ohren in der Lage sind, zu hören.

Das erste Mal besuchte ich den Geiergipfel 1968, und eines frühen Abends erlebte ich, wie ich den Sonnenuntergang mit den Augen des Buddha betrachtete. Als wir dann 1988 gemeinsam in einer Gruppe dorthin fuhren, hatte ich noch einmal dasselbe Empfinden. Dieses Gedicht wurde 1970 verfaßt.

ERSCHEINUNG

Jung sein
ist wie süßer Sonnenschein
der den Sommerhimmel überflutet.

Stiller Mittag –
Jahre und Monate
sind einfach Ausdruck der Erde.

Warum Notiz nehmen
von den niemals endenden Jahreszeiten?

Dies schrieb ich 1966 in Paris.

DIE GESCHICHTE EINES FLUSSES

Von ihrem Geburtsort hoch oben auf einem Berg tanzt die kleine Quelle auf dem Weg nach unten. Die kleine Strömung singt auf ihrer Reise. Schnell will sie weiterfließen. Es ist ihr ganz unmöglich, langsam zu fließen. Rennen, hasten, das ist ihre einzige Möglichkeit, am liebsten gar fliegen. Schnell möchte sie ankommen. Wo aber ankommen? Am Ozean. Sie hat schon gehört vom tiefen, blauen, wunderschönen Ozean. Einswerden mit dem Ozean, genau das möchte sie!

Als sie in die Ebene gelangt, schwillt sie an zu einem jungen Fluß. Als sie sich durch die zauberhaften Wiesen schlängelt, muß sie langsamer werden. „Warum kann ich nicht genauso schnell eilen wie vorher, als ich ein Bächlein war? Ich will den tiefen, blauen Ozean erreichen. Wenn ich so langsam weitermache, wie soll ich da überhaupt je ankommen?“ Als Bach war sie gar nicht glücklich damit, was sie war. Sie wollte wirklich zu einem Fluß anschwellen. Aber jetzt, als Fluß, fühlt sie sich auch nicht glücklich. Sie kann es nicht ertragen, langsamer zu werden.

Nun, als junger Fluß, fließt sie langsamer und bemerkt auf einmal die schönen Wolken, die sich in ihrem Wasser widerspiegeln. Sie haben verschiedene Farben und Formen, und es scheint, als hätten sie die Freiheit, überall hinzuziehen, wohin sie wollen. Sie möchte wie eine Wolke sein und beginnt, einer nach der anderen hinterherzujagen. „Als Fluß bin ich nicht glücklich. Ich möchte sein wie ihr, sonst leide ich. Das Leben hat wirklich keinen Sinn für mich.“

Nun beginnt sie als Fluß eine Art Spiel, indem sie Wolken jagt. Sie lernt zu lachen und zu weinen. Aber die Wolken bleiben nicht lange an einer Stelle. „Sie spiegeln sich in meinem Wasser, aber dann gehen sie fort. Nicht eine Wolke scheint treu zu sein. Jede Wolke, die ich kennenlernte, hat mich verlassen. Keine Wolke hat mir je Befriedigung oder ein Glücksgefühl gegeben.

Ich hasse es, daß sie mich betrügen." Der Spaß beim Wolkenjagen ist nicht das Leid und die Verzweiflung wert.

Eines Nachmittags trug ein kräftiger Wind alle Wolken davon. Furchtbar leer war nun der Himmel. Keine Wolken gab es mehr zu jagen. So wurde das Leben als Fluß für sie ganz leer. Sie fühlte sich so einsam, daß sie gar nicht mehr leben wollte. Wie aber könnte ein Fluß sterben? Aus etwas wirst du plötzlich nichts? Vorher jemand, wirst du plötzlich niemand? Ist das möglich?

Im Laufe der Nacht kam sie wieder zu sich. Sie konnte nicht schlafen. Sie lauschte ihrem eigenen Schluchzen, dem Plätschern ihres Wassers gegen das Ufer. Zum ersten Male überhaupt lauschte sie nun tief auf ihre eigene Natur, und während sie dies tat, entdeckte sie etwas sehr Wichtiges: Ihr Wasser bestand aus Wolken. Sie war den Wolken hinterhergejagt, ohne zu wissen, daß Wolken ihre eigene Natur waren. Sie entdeckte als Fluß, daß das Objekt ihrer Suche in ihr selbst war. So berührte sie den Frieden. Auf einmal konnte sie innehalten. Sie verspürte nicht mehr den Drang, etwas anderem außerhalb ihrer selbst hinterherzujagen. Sie war bereits, was sie werden wollte. Dieser Friede, den sie da erlebte, erfüllte sie mit wahrer Freude und gab ihr eine tiefe Ruhe, einen tiefen Schlaf.

Als sie am nächsten Morgen erwachte, entdeckte sie etwas Neues und Wundervolles, das sich in ihrem Wasser spiegelte – den blauen Himmel. „Wie tief er ist, wie ruhig. Der Himmel ist unermeßlich, fest, heißt mich willkommen und ist vollkommen frei." Es ist kaum zu glauben, daß sie, der Fluß, jetzt zum ersten Mal den Himmel in sich spiegelte. Und doch stimmt es, denn in der Vergangenheit interessierte sie sich immer nur für die Wolken und schenkte dem Himmel keinerlei Beachtung. Keine Wolke konnte den Himmel verlassen, und sie wußte, daß die Wolken da waren, irgendwo versteckt am blauen Himmel. Der Himmel mußte in sich selbst alle Wolken und alles Wasser enthalten. Wolken scheinen vergänglich zu sein, aber der Himmel ist immer da als zuverlässige Heimstatt aller Wolken.

Als sie, der Fluß, den Himmel berührte, berührte sie Festigkeit. Sie berührte das Letztendliche. In der Vergangenheit hatte sie nur das Kommen und Gehen, das Sein und Nichtsein der Wolken berührt. Nun war sie in der Lage, das Zuhause allen Kommens und Gehens, Seins und Nichtseins zu berühren. Niemand konnte mehr den Himmel aus ihrem Wasser fortnehmen. Wie wundervoll war es doch, innezuhalten und zu berühren! Innehalten und Berühren – das gab ihr wahre Festigkeit, wahren Frieden. Sie war zu Hause angekommen.

An jenem Nachmittag ließ der Wind nach. Eine nach der anderen kehrten die Wolken zurück. Sie, der Fluß, war weise geworden. Nun konnte sie jede Wolke mit einem Lächeln begrüßen. Die Wolken mit ihren vielen Farben und Formen scheinen dieselben zu sein, aber sie waren nicht mehr dieselben für sie, den Fluß. Sie spürte nicht mehr den Wunsch in sich, eine besondere Wolke zu besitzen oder ihr nachzujagen. Sie begegnete jeder Wolke mit einem Lächeln voller Freude und liebevoller Güte. Sie erfreute sich an deren Widerspiegelungen in ihrem Wasser. Wenn sie dann aber weiterzogen, fühlte sie, der Fluß, sich nicht mehr verlassen. Sie winkte ihnen „Lebewohl" zu und wünschte ihnen „eine schöne Reise". Sie fühlte sich nicht mehr an irgendeine Wolke gebunden.

Das war ein glücklicher Tag. Als sie, der Fluß, in dieser Nacht voller Ruhe dem Himmel ihr Herz öffnete, empfing sie das allerschönste Bild, das sich je in ihrem Wasser gespiegelt hatte – einen zauberhaften Vollmond, so leuchtend, so erfrischend, und er lächelte.

Der Vollmond des Buddha wandert
am Himmel vollkommener Leere.
Wenn der Fluß der Lebewesen ganz ruhig ist,

spiegelt sich der Mond mit seiner Frische
voller Schönheit in ihrem Wasser.

Der ganze Raum schien dem Mond zu seiner Freude offenzustehen, und er schaute vollkommen frei. Sie, der Fluß, reflektierte den Mond in ihrem Wasser und freute sich gleichfalls an diesem Frieden, dieser Glückseligkeit.

Was für eine wundervolle, festliche Nacht für alle – den Himmel, die Wolken, den Mond, die Sterne und das Wasser. Im grenzenlosen Raum genossen es Himmel, Wolken, Mond, Sterne und Wasser, miteinander in Meditation einherzuschreiten. Sie bewegten sich ohne den Wunsch, irgendwo anzukommen, nicht einmal mehr am Ozean. Sie waren einfach im gegenwärtigen Moment glücklich. Sie, der Fluß, brauchte nicht den Ozean zu erreichen, um zu Wasser zu werden. Sie wußte, daß sie von Natur aus Wasser war und gleichzeitig auch eine Wolke, der Mond, der Himmel, die Sterne und der Schnee. Warum sollte sie vor sich selbst davonlaufen? Wer sagt, daß ein Fluß nicht fließt? Ein Fluß fließt, ja. Aber sie, der Fluß, braucht sich nicht zu beeilen.

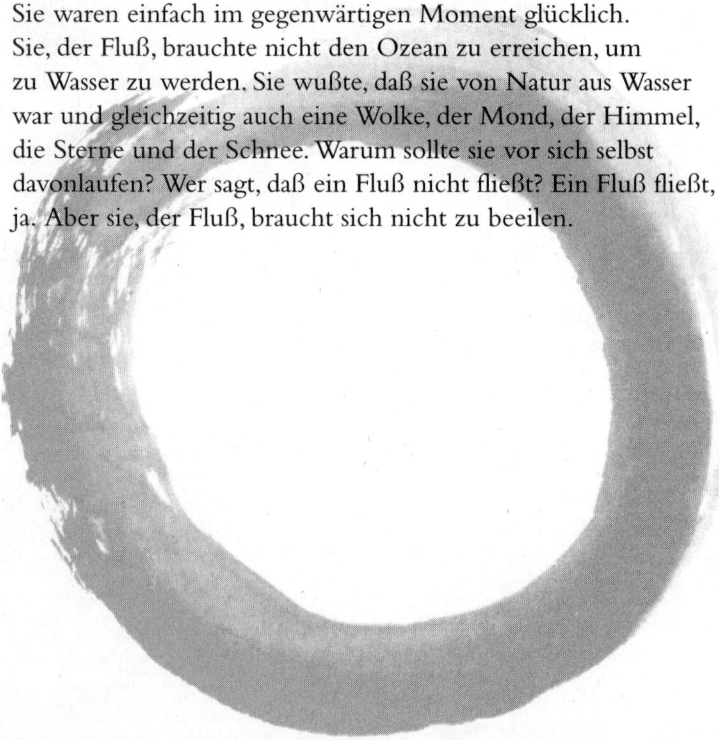

INTERSEIN / MITEINANDER-VERBUNDENSEIN

Die Sonne ist ein Teil von mir geworden.
Die Sonne ist ein Teil von mir geworden,
zusammen mit der Wolke und dem Fluß.
Ich selbst bin ein Teil des Flusses geworden,
und ich bin ein Teil der Sonne geworden,
zusammen mit der Wolke und dem Fluß.
Es gibt keinen einzigen Augenblick,
in dem wir einander nicht durchdrungen hätten.

Aber bevor die Sonne ein Teil von mir geworden ist,
war die Sonne bereits in mir –
und ebenso die Wolke und der Fluß.
Bevor ich noch ein Teil des Flusses wurde, *war* ich bereits in ihm.
Es gab nie einen Moment, in dem wir nicht *inter-waren,*
miteinander und *ineinander verwoben waren.*
Deshalb weißt du auch:
Solange du atmest,
bin ich stets ein Teil von dir.

LIEBESGEDICHT

Deine Augen bestehen aus den sechs Elementen –
Erde, Wasser, Feuer, Luft,
Raum und Bewußtsein.
Sie bestehen nur aus diesen,
aber sie sind schön.
Sollte ich sie in Besitz nehmen?
Sollte ich versuchen, sie für lange Zeit zu erhalten?
Sollte ich sie aufnehmen, bewahren?
Aber ich weiß, wenn ich sie aufnehmen würde,
wären sie nicht wirklich deine Augen.

Deine Stimme besteht aus den sechs Elementen,
aber sie ist wirklich bezaubernd.
Sollte ich versuchen, sie in Besitz zu nehmen?
Sollte ich sie aufnehmen?
Aber ich weiß, daß das, was ich bewahren oder aufnehmen könnte,
niemals wirklich deine Stimme wäre.
Was ich erhielte, wäre nur ein Bild,
eine Tonbandaufnahme,
eine Zeichnung
oder ein Buch.

Dein Lächeln besteht aus den sechs Elementen,
aber es ist wirklich wundervoll.
Sollte ich versuchen, es in Besitz zu nehmen?
Sollte ich versuchen, es für lange Zeit zu erhalten?
Sollte ich versuchen, es zu besitzen oder aufzunehmen?
Aber ich weiß, daß das, was ich besitzen oder aufnehmen könnte,
niemals dein wahres Lächeln wäre.
Es wären doch nur einige der Elemente.

Deine Augen sind vergänglich.
Deine Augen sind nicht da.
Ja, das wurde mir gesagt,
und ich habe es auch erkannt,
und dennoch sind sie noch immer schön.

Gerade weil sie vergänglich sind,
sind sie um so schöner.
Die Dinge, die nicht lange erhalten bleiben,
sind die allerschönsten –
eine Sternschnuppe, ein Feuerwerk.

Gerade weil sie ohne Selbst sind,
macht sie das um so schöner.
Was hat ein Selbst zu tun mit schönen Augen?

Ich möchte deine schönen Augen betrachten,
auch wenn ich weiß,
daß sie nicht bleiben,
auch wenn ich weiß,
daß sie kein Selbst besitzen.

Deine Augen sind wunderschön.
Mir ist bewußt, daß sie vergänglich sind.
Was aber spricht gegen Vergänglichkeit?
Könnte *ohne* Vergänglichkeit überhaupt etwas sein?

Deine Augen sind wunderschön.
Mir wurde gesagt, sie sind nicht du, sie haben kein Selbst.
Was aber spricht gegen die Natur des Nichtselbst?
Könnte *mit* einem Selbst überhaupt etwas existieren?

Obwohl nun deine Augen nur aus den sechs Elementen bestehen,
obwohl sie vergänglich sind,
obwohl sie nicht du sind,
sind sie noch immer schön,
und ich möchte sie betrachten.
Ich möchte sie so lange anschauen, wie es sie gibt.

Im Wissen, daß deine Augen vergänglich sind,
erfreue ich mich an ihnen, versuche aber nicht,
sie für immer zu bewahren,
versuche nicht, sie festzuhalten, sie aufzunehmen
oder in Besitz zu nehmen.
Ich liebe sie einfach und bleibe frei.

Wenn ich deine Augen liebe,
lerne ich, sie ganz tief zu lieben.
Ich sehe die sechs Elemente, die sie ausmachen,
die sechs wundervollen Elemente.
Diese Elemente sind so schön.
Und ich lerne, auch sie zu lieben.

Es gibt so viele Dinge, die ich liebe –
deine Augen, den blauen Himmel,
deine Stimme, die Vögel in den Bäumen,
dein Lächeln und die Schmetterlinge auf den Blumen.
Jeden Augenblick lerne ich,
ein besserer Liebender zu sein.
Jeden Augenblick lerne ich,
meine wahre Liebe zu entdecken.

Deine Augen sind schön.
Auch deine Stimme, dein Lächeln,
der Himmel,
die Vögel,
die Schmetterlinge.
Ich liebe sie. Ich gelobe, sie zu schützen. Ja.
Ich weiß, lieben bedeutet respektieren.
Und Ehrfurcht
ist die Natur meiner Liebe.

BEZIEHUNG

Du bist ich, und ich bin du.
Zeigt sich nicht deutlich, daß wir
miteinander verbunden,
ineinander verwoben sind?
Du hegst die Blume in dir,
damit ich schön werde.
Ich verwandle den Unrat in mir,
damit du nicht leiden mußt.

Ich unterstütze dich;
du unterstützt mich.
Ich bin auf der Welt, um dir Frieden zu schenken;
du bist auf der Welt, um mir Freude zu sein.

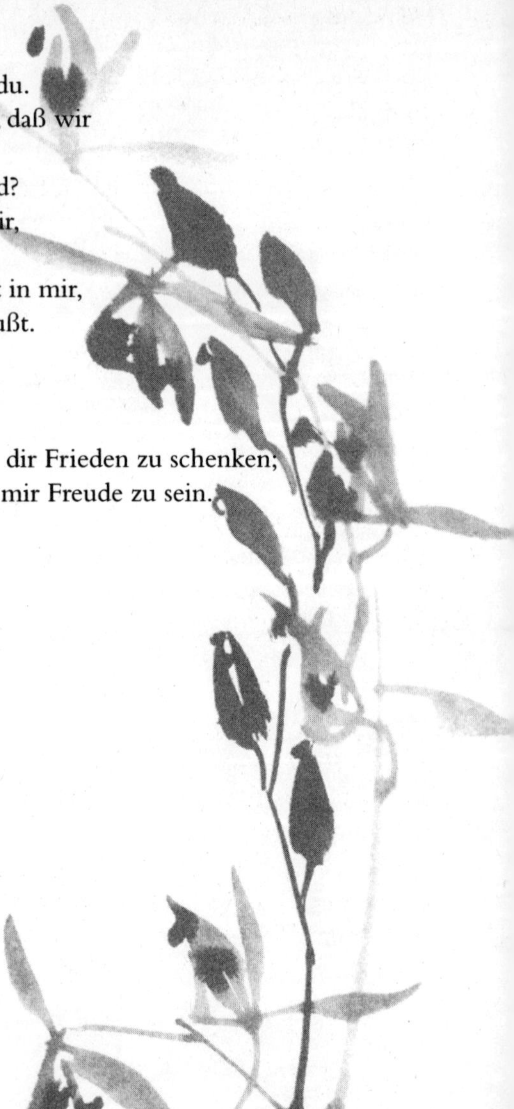

Dies schrieb ich 1989 auf einem Retreat für Psychotherapeuten in Colorado als Erwiderung auf Fritz Perls, Ausspruch: „Du bist du, und ich bin ich, und wenn wir uns zufällig begegnen, so ist das wunderbar. Wenn nicht, kann man nichts machen.“

IHR SEID MEIN GARTEN

In meinem Garten stirbt ein Baum.
Ihr seht ihn,
aber ihr seht auch andere Bäume,
Bäume, die noch voller Energie und Freude sind.

Und ich empfinde Dankbarkeit.

Ich weiß, daß ein Baum in meinem Garten stirbt,
aber ich betrachte ihn nicht
als das Gesamt meines Gartens.

Und ich brauche euch, damit ihr mich daran erinnert.

Ich möge mich um den Garten kümmern, wurde mir gesagt,
den Garten, den meine Vorfahren mir hinterließen.
Ein Garten hat immer schöne Bäume
und auch solche, die nicht so gesund sind.
Deshalb müssen wir ihn sorgfältig pflegen.

Ihr seid mein Garten,
und ich weiß, meine Praxis
sollte die eines Gärtners sein.

Ich habe einen alten, ungepflegten Garten gesehen,
in dem die Kirschbäume und Pfirsichbäume
noch immer wundervoll
und stets zur rechten Zeit erblühen.

ENTSCHÄRFT MICH

Wenn ich eine Bombe wäre,
jederzeit bereit zu explodieren,
wenn ich zu einer Gefahr
für euer Leben geworden bin,
dann müßt ihr euch um mich kümmern.
Ihr glaubt, ihr könntet mir entfliehen,
aber wie?
Ich bin hier, mitten unter euch.
(Ihr könnt mich nicht aus eurem Leben entfernen.)
Und jederzeit
könnte ich explodieren.
Ich brauche eure Zuwendung.
Ich brauche eure Zeit.
Ich brauche euch, damit ihr mich entschärft.
Ihr seid für mich verantwortlich,
denn ihr habt gelobt (und ich habe es gehört),
zu lieben und Sorge zu tragen.

Ich weiß, daß ihr viel Geduld braucht,
wenn ihr euch um mich kümmern wollt,
viel Besonnenheit.
Ich merke, daß auch in euch eine Bombe tickt,
die es zu entschärfen gilt.
Warum also helfen wir einander nicht?

Ich brauche es, daß ihr mir zuhört.
Niemand hat mir je zugehört.
Niemand versteht mein Leid,
auch die nicht, die sagen, sie liebten mich.
Die Qual in meinem Innern
erstickt mich.
Sie ist das TNT,
aus dem die Bombe besteht.
Es gibt sonst niemand,
der mir zuhören will.
Deshalb brauche ich euch.
Ihr aber scheint euch mir zu entziehen.
Ihr wollt euch retten, Sicherheit finden,
diese Art von Sicherheit, die es nicht gibt.

Ich habe meine eigene Bombe nicht geschaffen.
Ihr seid es.
Die Gesellschaft ist es.
Es ist die Familie.
Es ist die Schule.
Es ist die Tradition.
Macht also bitte nicht mich dafür verantwortlich.
Kommt und helft;
tut ihr das nicht, werde ich explodieren.
Das ist keine Drohung. Es ist ein Hilferuf.
Ich werde euch auch zur Seite stehen,
wenn ihr so weit seid.

WIR KOMMEN WIEDER

Eine wird drei sein.
Einer wird vier sein.
Eine wird tausend sein.
Wir kommen wieder.
Wir kommen wieder.

Hört das Niederprasseln des Regens,
seht den weiten Ozean des Geistes.
Strahlend reite ich auf der Welle, die alles überragt –
Hügel und Berge, Hügel und Berge,
Ozeane und Flüsse, Ozeane und Flüsse –
die Schwingen des Albatros
spielen mit dem morgendlichen Sonnenlicht.

Sind Schnee und Licht dasselbe?
Das Lied soll weiterklingen auf den Lippen eines Kindes!

Manchmal tun Menschen sich zu zweit zusammen (wenn sie heiraten), oder es werden drei (wenn sie ein Kind bekommen). Gewöhnlich denken wir, Wiedergeburt bedeute, daß ein Mensch als *eine* Person weiterlebt. Aber aus einer Person können mehrere werden, so wie beim Maiskorn, das wiedergeboren wird als Ähre mit vielen Körnern. Das Außergewöhnliche ist, daß ich euch erst als *eine* Person kennenlernte, aber jetzt, da ihr wiederkommt, seid ihr drei oder fünf. Am wichtigsten ist, daß stets Freude und Frieden da sind. Ich habe nichts dagegen, daß ihr in der Vielzahl wiederkehrt. Seht nur zu, daß ihr freudig und friedvoll wiederkommt.

VOLLMONDFEST

Was wird wohl geschehen,
wenn Form mit Leere zusammenstößt,
und was geschieht,
wenn die Vorstellung in die Nicht-Vorstellung eingeht?
Komm her zu mir, mein Freund.
Laß uns zusammen schauen.
Siehst du die beiden Clowns, Leben und Tod,
wie sie ein Bühnenstück inszenieren?

Hier kommt der Herbst.
Die Blätter sind welk.
Laß sie davonfliegen.
Ein Fest der Farben, gelb und rot.
Im Frühling und Sommer
haben die Zweige die Blätter festgehalten.
Heute morgen lassen sie sie los.
Fahnen und Laternen werden aufgehängt.
Alle sind hier beim Vollmondfest.

Mein Freund, worauf wartest du?
Hoch über uns scheint hell der Mond.
Heute abend sind keine Wolken da.
Wozu nach Lampen und Feuer fragen?
Wozu über das Zubereiten des Abendessens reden?
Wer sucht und wer findet?
Laß uns einfach den Mond genießen, die ganze Nacht.

Dieses Gedicht wurde als Entgegnung auf ein Gedicht des vietnamesischen Dhyana-Meisters Lieu Quan (1670–1742) geschrieben, in dem folgende Sentenz vorkommt:
„Wäre mir klar gewesen, daß die Lampe selbst Feuer ist, wäre der Reis schon lange gar gewesen!" Dieses Gedicht der Einsicht wurde seinem Lehrer, Meister Tu Dung, 1708 vorgelegt.

NICHT-DUALITÄT

Um vier Uhr morgens läutet die Glocke.
Ich stehe am Fenster,
barfuß auf kühlem Boden.
Dunkel ist noch der Garten.
Ich warte darauf,
daß die Berge und Flüsse wieder ihre Gestalt annehmen.
Es gibt kein Licht in den tiefsten Nachtstunden.
Ja, ich weiß, du bist da
in der Tiefe der Nacht,
der unermeßlichen Welt des Geistes.
Du, das Gewußte, warst schon immer da,
seit es den wissenden Menschen gibt.

Bald bricht die Dämmerung herein,
und du wirst sehen, daß ihr –
du und der rosafarbene Horizont –
in meinen beiden Augen seid.
Mir erscheint der Horizont rosa
und der Himmel blau.
Wenn ich dein Bild im klaren Strom betrachte,
dann beantwortest du die Frage durch dein bloßes Sein.
Das Leben summt das Lied vom Wunder des Nicht-Dualen.
Plötzlich sehe ich mich lächeln
in der Gegenwart dieser makellosen Nacht.
Weil ich hier bin, weiß ich, daß du dort bist,
und dein Sein ist zurückgekehrt, um sich heute nacht
im Wunder dieses Lächelns zu zeigen.
Im stillen Strom
schwimme ich sanft.
Das Murmeln des Wassers lullt meine Seele ein.
Eine Welle dient mir als Kissen.
Ich schaue auf
und sehe eine weiße Wolke
vor dem Hintergrund des blauen Himmels;

dort das Geräusch der Herbstblätter,
der Duft von Heu –
alles ein Zeichen der Ewigkeit.
Ein heller Stern hilft mir, zu mir selbst zurückzufinden.

Weil du dort bist, weiß ich, daß ich hier bin.
In einem einzigen Gewitterblitz
vereint der ausgestreckte Arm des Erkennens
eine Million Äonen der Entfernung,
vereint Geburt und Tod,
vereint das Gewußte und den, der weiß.

In der Tiefe der Nacht
wie in der unermeßlichen Welt des Bewußtseins
bleiben der Garten des Lebens und ich
stets das Objekt des jeweils anderen.
Die Blume des Seins singt das Lied der Leerheit.
Noch ist die Nacht unberührt,
aber Geräusche und Bilder von dir
sind zurückgekehrt und erfüllen die reine Nacht.
Ich spüre ihre Anwesenheit.
Am Fenster, barfuß auf dem kühlen Boden,
weiß ich
ich bin hier,
damit du sein kannst.

Dieses Gedicht wurde 1964 in dem kleinen Bambushain-Tempel (Truc Lam) in Go Vap, Gia Dinh, geschrieben. Gleich nach meiner Rückkehr nach Vietnam gründete ich eine Hochschule für Buddhistische Studien, gab eine Wochenzeitung, *Hai Triêu Am* (Der Klang der steigenden Flut), heraus und traf Vorbereitungen zur Gründung der Schule der Jugend für Sozialarbeit. Ich pflegte oft zu dem kleinen Tempel zu fahren, um die stille und angenehme Atmosphäre dort zu genießen, denn die buddhistische Hochschule lag im Stadtzentrum. Eines Morgens erwachte ich sehr früh in meiner kleinen Hütte, so gegen drei Uhr. Ich setzte meine Füße auf den Erdboden und fühlte mich durch seine Kühle sehr wach. Etwa 50 Minuten blieb ich in dieser Haltung sitzen. Ich lauschte auf die ersten Morgenglocken, während ich hinaus ins Dunkel schaute. Obwohl ich keine einzelnen Objekte wahrnehmen konnte, wußte ich doch, daß der Pflaumenbaum und das Bambusdickicht da waren. In der nächtlichen Dunkelheit wußte ich, daß du da bist, weil ich da bin. Das Subjekt des Bewußtseins *ist,* und deshalb *muß* auch das Objekt der Bewußtseins *sein, existieren.*

Dieses Gedicht handelt von einer Einsicht, die sich auf das Vijñanavada bezieht. Es ist ein schwieriges Gedicht, das am besten in einem Kurs über Vijñanavada erläutert werden sollte. Du bist da für mich, und ich bin hier für dich. Das ist die Lehre vom Intersein, vom Miteinander-verwoben-Sein. Der Begriff „Intersein" wurde damals noch nicht benutzt. Obgleich wir an das Avatamsaka-Sutra denken, wenn wir den Begriff „Intersein" hören, so hat die Lehre vom Intersein auch ihre Wurzeln im Vijñanavada, weil *Vijñana,* Erkennen, stets Subjekt und Objekt zugleich beinhaltet. Bewußtsein bedeutet immer das Bewußtsein von etwas.

REISE

An diesem Mittag schweigt der Wind,
und vier Zypressen stehen in einer Reihe.
Die Mauer zeigt ihr Knochengerüst –
bloßgelegt durch Erosion, das Wasser der Zeit.

Ruhig ist der blaue Himmel.
Ich bin hier,
um das Alter der Ziegel und Steine zu erkunden,
die geduldig warten
seit Jahrmillionen.

Auf ihrer Reise durch die Wüste
machen mein Fleisch und meine Knochen
hier einen kurzen Zwischenstop
und hinterlassen ein wenig Wärme von meiner Handfläche,
ein bißchen vom Rhythmus des Herzens.

Das uralte Bild ist weit entfernt,
und doch wartest du noch immer hier.

Sag mir,
hielt ich hier schon einmal an
in einer vergangenen Existenz?
Ich sehe mich nach meinen Fußspuren suchen,
die ich hinterließ in einem Zyklus von Geburt und Tod.

Welche Atome werden eines Tages
auf meiner Handfläche tanzen,
wenn die fünf Elemente des Menschen
zu ihrer Quelle zurückkehren?

Wessen toter Körper liegt hier an der Mauer
an diesem Mittag im Sommer,
während der Himmel sein blaues Lächeln zeigt?

Oh ihr Ziegel und Steine, wer wird gehen
und wer wird bleiben?
Euch alle würde ich mitnehmen
auf derselben Reise in derselben Geschwindigkeit.
Ihr, die ihr gesucht habt, um Kommen und Gehen zu finden –
sagt mir, wo ist die Linie des Horizonts?

Jetzt kann ich erkennen,
daß wir alle
seit Anbeginn der Zeit
in derselben Geschwindigkeit dahingezogen sind.
Gebt mir Zeit genug, um die
Sternenfrüchte und Akazien aus uralter Zeit
zurückzurufen.

Heute haben wir zusammen mit den vier Zypressen
für einen Augenblick innegehalten
und über diese wundersame Reise nachgedacht.
Obwohl es diesen stillen blauen Himmel
seit einer Million Äonen gibt,
wurde mir allein soeben dieser blaue Himmel geboren.

Ich befand mich allein an der französischen Riviera, wo ich an meinem Buch über die Mythen Vietnams, *Ein Geschmack von Erde,* arbeitete. Ich ging an den Strand und setzte mich dort nieder, ohne irgend etwas zu denken oder zu tun – den ganzen Tag bis um zehn Uhr abends. Ich ließ zu, daß meine fünf *Skandhas* vom Klang und vom Anblick der Wellen umspült wurden. Dann fuhr ich in die Provence. Dort fand ich mich plötzlich an einer alten Mauer wieder, gesäumt von vier Zypressen, die in einer Reihe standen. Und ich sah meinen toten Körper an der alten Mauer liegen.

Dieses Gedicht handelt von einer Wanderung. Wir alle befinden uns auf einer Reise, aber wir bewegen uns mit unterschiedlicher Geschwindigkeit. Ab und zu entdeckst du vielleicht etwas Vertrautes in dem, was du zum ersten Mal siehst. Du weißt eigentlich, daß du diese Person oder diese Sache zum ersten Mal siehst, und dennoch hast du dieses ganz bestimmte Gefühl, ihr schon einmal begegnet zu sein. Meine Erklärung dafür ist, daß ihr euch schon begegnet seid, während ihr auf demselben Stern durchs All zogt, daß du dann aber zu schnell weitergingst und die andere Person oder das andere Ding überholt hast, und jetzt begegnet ihr euch wieder. Steine und Ziegel bewegen sich vielleicht langsamer. Als ich in Deutschland einmal zu einem Schloß emporstieg, hatte ich den Eindruck, es sei nicht zum ersten Mal. Das brachte mich dazu, das Gedicht „Das Lied vom Nicht-Kommen und Nicht-Gehen" zu schreiben [siehe S. 00]. Einsicht, Erkenntnis, ist so etwas wie der blaue Himmel: Sie war immer da, aber es schien, als sei sie gerade eben erst geboren.

DAS RAD ANHALTEN

Wer geht durch *Samsara?*
Wenn wir Samsara anhalten wollen,
wessen Samsara muß angehalten werden?

Kümmernisse und Schmerzen gehen durch Samsara,
und wir müssen sie daran hindern,
den Kreislauf fortzusetzen.

Wer aber ist es, der diese Kümmernisse und Schmerzen
auf seine Schultern lädt?
Kümmernisse brauchen niemanden, der sie sich auflädt.
Sie gehen von selbst durch Samsara.

Was geschieht wohl, wenn Samsara angehalten wird?
Samsara wird wieder geschehen.
Wozu es also anhalten?
Wenn das Samsara-Rad des Schlecht-Ergehens stillsteht,
dann beginnt sich das Rad des Wohl-Ergehens zu drehen.

Das Anhalten des Schlecht-Ergehens
bewirkt den Beginn des Wohl-Ergehens,
aber auch Wohl-Ergehen ist noch immer Samsara.
Wohl-Ergehen muß Teil von Samsara sein,
da wir es ständig brauchen,
in jedem Augenblick unseres Lebens.

Warum möchtest du
auf das Lächeln des kleinen Jungen verzichten?
Warum sollten wir die Frühlingsbrise verbannen?
Samsara beenden
heißt Leiden umwandeln,
und Leiden ist der Stoff,
aus dem Glückseligkeit besteht.

Mach dir nicht zu viele Sorgen, mein Freund.
Selbst das Leiden wird auf dieser Welt gebraucht.

MONDBETRACHTUNG

Wenn es kein Selbst gibt,
gibt es auch kein Samsara.
Wozu willst du dann das Selbst auflösen?
Warum mußt du Samsara beenden?

Es gibt kein Selbst,
aber es gibt den Glauben an ein Selbst.
Es gibt kein Samsara,
aber es gibt die Vorstellung von Samsara.

Ist der Vollmond heute abend ein Selbst?
Nein, er ist kein Selbst.
Ist der Mondbetrachter ein Selbst?
Nein, er ist kein Selbst.

Wie kann nur der Mondbetrachter sich dann des Mondes freuen?
Eben *weil* der Mond kein Selbst hat
und *weil* der Mondbetrachter kein Selbst hat,
sind beide, Mond und Mondbetrachter, wundervoll,
und auch das Mondbetrachten ist eine wundervolle Angelegenheit.

Mondbetrachtung ist unsere Praxis.

DAS GEBRÜLL DES MÄCHTIGEN LÖWEN

Weiße Wolken ziehen dahin.
Tuong-vi-Rosen erblühen.
Die dahinziehen, das sind Wolken.
Die erblühen, das sind Rosen.
Eine Tuong-vi-Rose erblüht,
und eine weiße Wolke zieht dahin.

Es gäbe keine Wolke, wenn es kein Dahinziehen gäbe.
Es gäbe keine Blume, wenn es kein Erblühen gäbe.
Die Wolke selbst ist das Dahinziehen
und die Blume das Erblühen.
Geisteskonstrukte und Wortformationen,
Gestaltungen und Konzepte
haben einen Irrgarten aufgetan.

Der Punkt ist nur der Schnittpunkt
zweier Linien, die einander suchen.
Eine Linie ist ein Punkt, der sich bewegt.
Ich baue das Hohe mit dem Tiefen.
Ich bestimme das Tiefe durch das Hohe.
Ich bestimme das Linke durch das Rechte.
Ich teile das Viele durch das Eine.
Meine Hand hat fünf Finger,
lange und kurze.
Sie sind Zweige, die junge Blätter tragen.
Meine Gedanken wachsen wie Blütenknospen,
die an den Bäumen erblühen.

Mein Körper ist ein Baum
aus Blut, Fleisch, Knochen und Speichel,
aus Zellen und Nerven,
Vorstellungen und Bildern,
Essen und Abfall.
Hier sind Knochen,

die auch morgen noch bleiben.
Sie gehören nicht mir.
Sie gehören nicht dir.
Aber, oh Mitgefühl,
sie geben uns die Illusion von Beständigkeit und Unbeständigkeit,
sie bewirken, daß du manchmal leise weinst
über das Schicksal des Menschen.

Meine Gedanken –
ich schicke sie los
auf den Wellen der Kommunikation
in alle zehn Richtungen.
Du findest einen Weg, sie festzuhalten.
Worte, die ich äußere, Klangwellen,
übertragen sich immer wieder von selbst.
Du findest Möglichkeiten, sie aufzunehmen.
Meine Bilder werden projiziert.
Meine Lippen bewegen sich, wenn ich spreche.
Meine Augen lächeln.
Du findest Möglichkeiten, sie aufzunehmen,
und denkst, du könntest sie bewahren.
Entlang der Linie von Zeit und Raum
versuchst du, die Spuren zu finden,
die das Wirkliche ersetzen.
Ich zeige dir den Film.
Deine Finger berühren die Bilder auf dem Bildschirm.
Mitgefühl,
Mitgefühl mit wem?

An diesem Tag im Britischen Museum
war da ein Mann zu sehen;
er lag auf der linken Seite,
noch die Spuren der Angst auf seiner Stirn.
Dreitausend Jahre vor Christus,
dreitausend Jahre nach Christus –
wo ist der Unterschied?

Wir sagen, der heiße Sand habe ihn so erhalten,
wie dieser Kassettenrecorder mit dem Klang es tut.
Was kann der heiße Sand aber anderes bewahren
als eine großartige
Botschaft des Leidens?
Warm und zart ist mein Fleisch.
Friedvoll rinnt das Blut in meinen Adern.
Da gibt es endokrine Drüsen
die noch nicht ausgetrocknet sind.
Da gibt es Sperma und Speichel,
ein frisches, liebliches Lächeln
und Begierden, Hoffnungen und Pläne.

Es gab Zeiten,
da habe ich das Leben
mit beiden Armen umfaßt –
ein roter Ballon
in den Armen eines kleinen Jungen vom Lande.

Weil das Blut noch nicht vertrocknet ist,
weil das Sperma noch nicht vertrocknet ist,
ist zu sein natürlich etwas Großartiges.
Nicht zu sein ist auch etwas Großartiges.
Sein oder Nichtsein sind tatsächlich dasselbe.
Nur die Vorstellung davon
erschafft das Gefühl von Leid.
Sein oder Nichtsein ist nicht wirklich die Frage.

Zart ist heute mein Fleisch.
Meine Nerven vibrieren –
die Matratze auf dem Bett des Lebens, warm und weich.
Ich höre Klagegeräusche.
Oh, ihr herrlichen Farben und Formen –
sie sind da, weil meine Augen da sind.
Oh, ihr wundersamen Töne –
sie sind da, weil meine Ohren da sind.

Herrlich und wundersam zu sein
heißt, herrlich und wundersam zu sein für dieses Manas.
Manas zu haben ist eine wunderbare Angelegenheit.
Kein Mana zu haben ist gleichfalls eine wunderbare Angelegenheit.
Wunderbar sein ist wunderbar sein.
Manas, oh Manas.

Sein ist das Sein von Manas.
Nichtsein ist das Nichtsein von Manas.
Wunderbar sein bedeutet sein oder nicht sein.
Ist Manas ein Sein oder Nichtsein?
Manas, oh Manas;
Manas und Nicht-Manas
ist beides nur Manas.
Sein und Nichtsein
ist beides nur Erfindung.
Manas, laß mich laut auflachen.

Ich stampfte mit den Füßen und weinte laut
in dem Moment, als Mutter starb.
Dieser Morgen war ein schöner rosiger Morgen,
aber um Mitternacht wehte ein scharfer Wind.
Tränen rannen mir über die Wangen.
Die Tränen, in Drüsen verwahrt,
reichen für den ganzen Winter.
Meine Mutter, die lächelt,
meine Mutter, die nicht lächelt –
hat Mutter existiert oder nicht?
Ich stampfte mit meinen Füßen.
Der Boden gibt unter meinen Füßen nach
und erschafft in meinen Fußspuren eine wirkliche Leere.

Gestern schien die Sonne mild.
Meine Mutter bepflanzte ein paar Beete.
Sie starb um Mitternacht.
Üppige Pflanzen wachsen da, und Blumen lächeln.

„Lächelt nicht, ihr dummen Blumen."
„Du meine Güte! Was ist das für ein komischer Kerl!"

Lächeln oder nicht lächeln –
beides hat jetzt geendet.
Geendet oder nicht geendet –
beides hat jetzt geendet.
Du sprichst wie ein Narr.

Deine Augen, Schwester, sagt man,
seien nichts als die vier Elemente,
aber sie strahlen Liebe aus.
Sein oder nicht sein?
Warum bist du auf den Baum gestiegen,
um die Angst vor dem Herunterfallen kennenzulernen?
Warum die Frage stellen,
auf daß Verwirrung geboren werde
und das Leben verhindert?
Deine Augen, Bruder, sagt man,
seien nichts als die vier Elemente,
aber sie fließen über vom Erleiden der Ungerechtigkeit.
Meine Hände sind hier
in der Hoffnung, daß das Wasser des Mitgefühls
diesen Berg voller Unrecht wegspülen möge.

Diesem Gewehr sollte man nicht die Schuld zuweisen,
diese Hand nicht beschuldigen.
Diese Kugel und diese Blume!
Pflanzen werden gedüngt, damit Blumen erblühen.
Da sind Dornen, die dich verletzen.
Da sind Raupen, die die jungen Stiele zerfressen,
Raupen von der Farbe des Smaragds.
Deine kristallklaren Tränen
sind von derselben Natur
wie die Tropfen schlammig-trüben Wassers
an den Wurzeln dieser Pflanzen.

Was soll ich sagen?
Lachen klingt dumpf.
Weinen klingt auch dumpf.
Nicht lachen und nicht weinen klingen gleichfalls dumpf.
Lachen, lachen, weinen, weinen –
noch mehr Blumen sollten für das Leben erblühen.

In der Menschenwelt
sind Blumen tatsächlich Blumen.
Die Blumen der Gedanken
umarmen Zeit und Raum, transzendieren die beiden Extreme,
transzendieren Materie und Geschwindigkeit,
transzendieren Materie und Transformation.

Oh das Lächeln des Erwachens
Oh das Lächeln der Befremdlichkeit
Oh das Lächeln der Überzeugung
Oh das Lächeln großen Mitgefühls.

1966 reiste ich nach Europa, um mich für den Frieden in Vietnam einzusetzen. Eines Nachmittags besichtigte ich in London das Britische Museum. Ich war stark beeindruckt von einem versteinerten Körper aus der Zeit von 3000 Jahren vor Christus. Der gesamte Körper war noch erhalten – Haare, Nägel – und lag in der klassischen Position der damaligen Zeit; der heiße Sand hatte ihn konserviert.

Ich war in Begleitung eines neunjährigen englischen Mädchens, das über diesen so gut erhaltenen Körper völlig entsetzt war. Sie zog mich am Ärmel und fragte: „Wird das auch mir passieren?“ Ich sagte: „Nein. Das wird dir nicht passieren.“ Ich verhielt mich nicht so wie Channa, der Siddharta die Wahrheit sagt.

Ein paar Wochen später war ich in Paris und wachte eines Nachts auf. Ich betastete meinen Körper, um festzustellen, ob ich nicht zu Stein geworden war. Dann sah ich Jacqueline Kennedy, die nach dem Tode ihres Mannes einen Film über ihn anschaute. Sie betastete den Bildschirm mit ihrer Hand in der Hoffnung, ihn auf diese Weise wieder zu berühren. Es war zwei Uhr morgens, und ich setzte mich auf. Nach einer Stunde des Sitzens fühlte ich mich, als sei ich Wasser, das auf einen Berg herabregnet, ihn spült und spült. So saß ich voller Freude eine weitere Stunde. Schließlich stand ich auf und schrieb hintereinander dieses Gedicht. Die Flut der Gefühle und Bilder war so stürmisch, daß diese nur mit Mühe herankamen, so wie wenn man einen großen Behälter auf den Kopf stellt und das Wasser durch die schmale Öffnung herausströmt.

ICH WERDE SAGEN, ICH WILL ALLES

Wenn du mich fragst, wieviel ich will,
werde ich dir sagen, ich will alles.
Du und ich
und alle Menschen
treiben heute morgen in den wundervollen Strom
des Einsseins hinein.

Wir sind kleine Mosaiksteine der Phantasie
und haben eine weite Reise getan, um uns selber zu finden.
Inmitten des Dunkels erkennen wir die Illusion,
wir könnten als einzelne Befreiung erlangen.

Heute morgen kam mein Bruder zurück nach langem Abenteuer.
Da kniet er vor dem Altar,
Tränen in den Augen.
Seine Seele hält nach einer Küste Ausschau,
will endlich vor Anker gehen
(eine Sehnsucht, die ich selbst einst kannte).
Laßt ihn nur dort knien und weinen.
Er soll sich nur die Seele aus dem Leib schluchzen.

Gegönnt sei ihm Zuflucht für tausend Jahre –
Zeit genug, alle Tränen zu trocknen.

Eines Tages aber werde ich kommen
und sein Obdach in Brand setzen, diese kleine Hütte am Berg.
Mein Feuer wird alles zerstören,
sein einziges Floß nach dem Schiffbruch ihm nehmen.

In äußerster Seelennot
wird seine Schale aufbrechen.
Der Feuerschein der brennenden Hütte
wird seine glorreiche Befreiung bezeugen.
Ich aber warte auf ihn
neben der brennenden Hütte,
während mir Tränen über die Wangen laufen.
Dort will ich stehen und sein neues Dasein betrachten.
Und während ich seine Hand in der meinen halte
frage ich ihn, wieviel er will.
Er antwortet mir mit einem Lächeln: alles!
– so wie einst ich.

Dies ist ein ganz altes Gedicht, 1954 geschrieben. Ein Mensch, der sehr leidet, mag das Bedürfnis haben, sich für eine Weile zurückzuziehen, zu verstecken. Das ist für eine gewisse Zeit durchaus in Ordnung – Zeit zum Heilen. Es gibt aber auch Leute, die sich für lange Zeit verstecken wollen, so wie jene Praktizierenden, die sich im Sitzen verstecken. Sie brauchen jemand, der kommt und ihr Versteck niederbrennt.

GEBURT UND TOD

Viele Lebenszeiten lang sind Geburt und Tod zugegen,
bringen Geburt und Tod hervor.
In dem Augenblick,
in dem die Vorstellung von Geburt und Tod aufsteigt,
sind Geburt und Tod da.
Sobald die Vorstellung von Geburt und Tod stirbt,
wird wahres Leben geboren.

Dieses Gedicht wurde 1974 während einer Konferenz des Weltkirchenrates in Sri Lanka geschrieben. Das Original ist eine Wiederholung von nur zwei chinesischen Schriftzeichen *(sheng:* Leben oder geboren werden und *si:* Tod oder sterben), die so angeordnet stehen, daß sie die Bedeutung hervorrufen, die in der obigen Übersetzung zum Ausdruck kommt.

sheng sheng sheng si sheng
si sheng sheng si sheng
si sheng sheng sheng si
si sheng si sheng sheng

ZEN-ECKEN

Es gibt nur ein Zen-Zentrum,
aber es kann viele Ecken geben.

Das macht nichts.
Eine Ecke ist ein Zentrum,
und ein Zentrum ist nichts als eine Ecke.

Überall rezitieren wir: „Form ist Leerheit.
Form ist nichts anderes als Leerheit.“

FROSCHLOSIGKEIT

Die erste Frucht der Praxis
ist das Erlangen der Froschlosigkeit.

Wenn man eine Froschdame
mitten auf einen Teller setzt,
so springt sie
nach wenigen Sekunden wieder herunter.

Setzt du die Froschdame erneut
mitten auf den Teller,
springt sie wieder fort.

Du hast so viele Pläne.
Da gibt es etwas, was du unbedingt werden willst.
Deshalb willst du immer einen Sprung machen,
einen Sprung vorwärts.

Es ist schwierig,
den Frosch in der Mitte des Tellers
festzuhalten.
Du und ich,
wir haben beide Buddhanatur in uns.
Das macht Mut,
aber du und ich,
wir haben auch beide Froschnatur in uns.

Deshalb
heißt das erste Ziel
der Praxis –

Froschlosigkeit.

IM KREIS LAUFEN

Ach du, die du im Kreise läufst,
bitte höre auf damit.
Warum tust du das?

„Ich kann nicht *sein,* ohne zu laufen,
weil ich nicht weiß, wohin ich gehen soll.
Deshalb laufe ich im Kreis."

Ach du, der du im Kreise läufst,
bitte hör auf.

„Aber wenn ich damit aufhöre,
höre ich auf zu sein."

Ach meine Freundin, mein Freund,
die ihr im Kreise lauft,
ihr seid doch nicht eins mit dem verrückten Im-Kreis-Laufen.
Ihr könnt auch am Laufen Freude haben,
ohne im Kreis zu gehen.

„Wohin kann ich gehen?"

Geh dorthin, wo du dein Liebstes findest –
dorthin, wo du dich selbst findest.

VIERUNDZWANZIG BRANDNEUE STUNDEN

Heute morgen wache ich auf und sehe den blauen Himmel.
Ich lege meine Hände zusammen im Dank
für die vielen Wunder des Lebens;
für die vierundzwanzig brandneuen Stunden,
die vor mir liegen.
Die Sonne geht auf,
und der Wald, getaucht in das Licht der Sonne,
wird zu meiner Achtsamkeit.

Ich laufe durch ein Feld von Sonnenblumen.
Zehntausende von Blumen wenden sich
dem strahlenden Osten zu.
Meine Achtsamkeit ist wie die Sonne.
Meine Hände säen Samenkörner für die nächste Ernte.
In meinen Ohren erschallt der Klang der steigenden Flut.
Aus allen Richtungen tauchen Wolken
am strahlenden Himmel auf
und begegnen sich voller Freude.
Ich sehe die duftenden Lotusteiche meiner Heimat,
erkenne die Kokospalmen entlang des Flusses.
Endlos, endlos erstrecken sich die Reisfelder,
sie lachen die Sonne und den Regen an.
Mutter Erde schenkt uns Koriander, Basilikum,
Sellerie und Minze.
Morgen werden die Hügel und Berge des Landes
wieder ergrünen.
Morgen werden die Knospen des Lebens aufplatzen.
Süß wie Kinderlieder
werden die Gedichte aus dem Volk sein.

Dies ist ein Lied, das ich 1970 in Tokyo schrieb. Es sollte in der ersten Ausgabe von *„Das Wunder der Achtsamkeit"* als „Meine Achtsamkeit, der Sonnenschein" erscheinen. Schwester Chân Không singt es auf der Kassette: „Lieder aus Vietnam".

UNSER WAHRES ERBE

Der Kosmos ist voll kostbarer Edelsteine.
Heute morgen möchte ich dir eine Handvoll davon schenken.
Jeder Augenblick deines Lebens ist ein kostbarer Stein,
der durch Erde und Himmel,
Wasser und Wolken
strahlt und alles enthält.

Ganz sanft mußt du atmen,
damit sich die Wunder offenbaren.
Auf einmal hörst du die Vögel singen,
und auch die Kiefern stimmen ein,
du siehst die Blumen erblühen,
siehst den blauen Himmel,
die weißen Wolken,
das Lächeln und den wundervollen Blick
des Menschen, den du liebst.

Du, die reichste Person auf Erden, die du
herumgeirrt bist und für deinen Lebensunterhalt
hast betteln müssen,
hör auf, das notleidende Kind zu sein.
Komm wieder und fordere dein Erbe ein.
Wir sollten unser Glück genießen
und es allen anderen schenken.
Bewahre diesen Augenblick.
Laß den Strom von Kummer und Elend los
und nimm das Leben ganz in deine Arme.

Dies sind die Worte eines Liedes, das auf einem Winter-Retreat 1990 in Plum-Village geschrieben wurde. Die Inspiration kam durch die Parabel vom notleidenden Sohn im *Lotus-Sutra* und auch durch den Gedanken der Großzügigkeit im *Diamant-Sutra*.

IN DEN STROM EINTRETEN

Jeder Mönche hat eine Ecke auf der Matte,
einen Platz
für die Meditation.
Setz dich still dorthin, Mönch.
Die kreisende Erde trägt uns vorwärts.
Der Platz, auf dem du sitzt, ist wie ein Zugplatz zweiter Klasse.
Am Ende steigt der Mönch an seiner Station aus,
und der Platz wird für jemand anderes abgestaubt.

Wie lange muß der Mönch
auf seinem Stück Matte sitzen?
Sitz einfach still darauf.
Aber sitz nicht so, als hörtest du nie mehr auf,
als gäbe es keine Station, an der du ankommen könntest.
Die Lokomotive mit ihrem Feuer
wird dich vorwärts bringen.

Jeder Mönch sitzt im Lotussitz
auf seinem Stückchen Matte.
Der Mönch sitzt wie ein uralter riesiger Berg.
Der Berg ist da, vollkommen still,
doch dreht auch er sich wie der Mönch mit der Erde.
Ungebremst von unserer Furcht
eilt dieser Zug, der unser ist,
eilt diese feuergetriebene Lokomotive
voran.

Heute morgen
sitzt der Mönch wie gewöhnlich
an seinem Platz auf der Matte.
Aber er lächelt.
„Ich werde nicht ewig hier sitzen“, sagt er zu sich.
„Wenn der Zug an der Station anlangt,
werde ich ganz woanders sein.
Ein Fleckchen auf der Matte
oder ein Armvoll Gras –
nur ein einziges Mal noch setze ich mich nieder.“

Es gibt vier Arten von Früchten eines spirituellen Lebens oder der Meditation.

Wenn man in den Strom eintritt, dann weiß man, daß man bald ankommen wird, denn der Strom fließt zum Ozean. Dann wird man „Jemand, der in den Strom eintritt“ genannt. Die zweite Frucht heißt „Einmal-Wiederkehr“. Man muß nur noch einmal wiederkehren. Die dritte Frucht ist „Niemals-Wiederkehr“. Man erlangt in diesem Leben Befreiung. Die vierte Frucht ist „Arhat“. Man ist völlig befreit vom Kreislauf von Geburt und Tod.

In buddhistischen Klöstern rezitieren die Novizen zweimal im Monat einen Text von Meister Qui Sham, genannt *„Empfehlungen für Praktizierende“*. Den Mönchen wird darin eindringlich nahegelegt, sorgfältig zu praktizieren, weil das Leben kurz ist und wir die Zeit nicht aufhalten können. Jeden Abend rezitieren wir bei unserer Meditation: „Heute ist vergangen. Das Leben hat sich verringert. Es ist wie bei einem Fisch, der merkt, daß der Wasserspiegel sinkt und sinkt. Die Gemeinschaft soll hart an der Befreiung arbeiten.“

Es gab auch einige wenige Mönche, die dieses Gedicht als Angriff auffaßten. Das ist nicht wahr. Es wurde unter viel Schmerz und mit großem Mitgefühl verfaßt.

„Ein Armvoll Gras“ ist das, was der Buddha vor seiner Erleuchtung benötigte. Ohne Erfolg hatte er zuvor viele asketische Methoden ausprobiert. Askese ist nicht der rechte Weg. Sie ist ein Extrem, so wie andere Extreme. Der Buddha beschloß, sein Fasten zu beenden. Er trank Milch und aß etwas Reis, worauf er sich gestärkt fühlte. Sein Eindruck war, daß er nur noch eine letzte Anstrengung unternehmen mußte, um den Durchbruch zu schaffen. So schnitt er etwas frisches grünes *Kusha*-Gras, bereitete sich einen Sitz daraus und sagte mit großer Bestimmtheit zu sich selbst: „Noch einmal setze ich mich nieder. Ich stehe nicht mehr auf, bevor ich ‚es‘ erreichte.“ Und er erlangte Erleuchtung.

DIE GUTE NACHRICHT

Die gute Nachricht
drucken sie nicht.
Die gute Nachricht
drucken wir.
Wir haben ständig eine Sonderausgabe,
und es ist uns wichtig, daß du sie liest.
Die gute Nachricht ist, daß du am Leben bist
und daß der Lindenbaum noch da ist;
daß er fest dem harten Winter standhält.
Die gute Nachricht ist, daß du wundervolle Augen hast,
mit denen du den blauen Himmel berührst.
Die gute Nachricht ist, daß hier dein Kind vor dir steht
und deine Arme erreichbar sind:
eine Umarmung ist möglich.
Sie drucken nur, was falsch ist.
Schau dir jede unserer Sonderausgaben an.
Wir bieten immer die Dinge an, die nicht falsch sind.
Wir wollen, daß sie dir Nutzen bringen
und du uns hilfst, sie zu behüten.
Dort wächst der Löwenzahn am Wegesrand,
lächelt sein wundersames Lächeln
und singt das Lied der Ewigkeit.
Hör zu! Du hast Ohren, die es hören können.
Beuge dein Haupt.
Hör ihm zu.
Laß die Welt des Kummers
und der Besorgnis hinter dir
und werde frei.
Die letzte gute Nachricht
ist, daß du es wirklich kannst.

Dies schrieb ich in Plum Village im März 1992.

SONNENBLUME

Komm, Liebes, mit deinen unschuldigen Augen,
komm und sieh den klaren blauen Ozean des *Dharmakaya,*
sieh auch die grüne Farbe,
die Manifestation der Soheit.

Selbst wenn die Welt zerschmettert daliegt,
wird dein Lächeln niemals schwinden.
Was besaßen wir gestern,
und was verlieren wir heute?

Komm, Liebes, schau direkt in die Existenz hinein,
verziert mit Illusion.
Da die Sonnenblume bereits da ist,
wenden sich ihr alle Blumen zu, sie zu betrachten.

Die Sonnenblume ist Prajñaparamita, transzendierendes Verstehen.

BHUMISPARSHA

Der Tod kommt
mit einer eindrucksvollen Sense
und sagt:
„Du solltest Angst vor mir haben."
Ich schaue auf und sage:
„Warum sollte ich Angst vor dir haben?"
„Weil ich dich töten werde.
Ich werde dein Sein auslöschen."
„Wie kannst du mein Sein auslöschen?"

Der Tod gibt keine Antwort.
Er schwingt nur seine eindrucksvolle Sense.

Ich sage: „Ich komme und ich gehe.
Dann komme ich wieder. Und gehe wieder.
Ich komme immer wieder. Du kannst weder bewirken,
daß ich existiere,
noch daß ich nicht existiere."
„Woher weißt du, daß du wiederkommst?" fragt der Tod.
„Ich weiß es, weil ich es bereits unzählige Male getan habe",
sage ich.
„Woher weiß ich, daß du die Wahrheit sagst?
Wer kann das bezeugen?" Der Tod runzelt die Stirn.

Ich berühre die Erde und sage:
„Die Erde ist Zeugin. Sie ist meine Mutter."

Plötzlich hört der Tod die Musik.
Plötzlich hört der Tod aus allen Richtungen die Vögel singen.
Plötzlich sieht der Tod die Blumen blühen.
Die Erde gibt sich dem Tod zu erkennen
und lächelt ihn liebevoll an.
Unter dem liebevollen Blick der Erde schmilzt der Tod dahin.

Oh mein Liebes,
berühre die Erde, wann immer du dich fürchtest.
Berühre sie tief,
und dein Kummer wird sich auflösen.
Berühre sie tief,
und du wirst die Todlosigkeit berühren.

ZUFLUCHT NEHMEN

Ich atme ein und kehre zurück
zur Insel in mir selbst.
Auf dieser Insel wachsen wunderschöne Bäume.
Da fließen klare Flüsse.
Es gibt dort Vögel,
Sonnenschein
und frische Luft.
Ich atme aus
und fühle mich sicher.
Ich genieße es, auf meine Insel zurückzukehren.

Achtsam atme ich ein
und begegne dem Buddha in mir selbst.
Buddha ist Achtsamkeit.
Seine Fackel ist stets da
und erhellt meinen Pfad,
den Pfad des Kommens,
den Pfad des Gehens,
den Pfad meines Geistes,
den Pfad meines Lebens.
Achtsam atme ich aus
und sehe meinen Pfad klar vor mir,
ob fern oder nah.

Ich atme ein
und finde das Dharma in meinem Atem.
Das Atmen beschützt mich,
beschützt meinen Körper,
schützt meine Seele.
Wenn ich ausatme,
halte ich den Atem lebendig,
damit er mich stets beschütze.

Ich atme ein
und erkenne die fünf Skandhas
als meine Sangha.
Das Atmen schafft Harmonie.
Das Atmen schafft Frieden.
Ich atme aus
und freue mich daran,
daß mein Sein mit allem eins ist.

ZUFLUCHTSGEBET

Am Fuße des Bodhibaumes
sitzt er in Anmut, friedvoll und lächelnd,
lebende Quelle von Verstehen und Mitgefühl –
zum Buddha nehme ich Zuflucht.

Der Pfad achtsamen Lebens,
der zu Heilung, Freude und Erleuchtung führt,
der Weg des Friedens –
zum Dharma nehme ich Zuflucht.

Die liebevoll sich unterstützende Gemeinschaft,
die Harmonie, Achtsamkeit und Befreiung verwirklicht –
zur Sangha nehme ich Zuflucht.

Ich bin mir bewußt, daß diese Drei Juwelen
in meinem Herzen wohnen.
Ich gelobe, sie zu verwirklichen.
Ich gelobe, achtsames Atmen und Lächeln zu üben
und tief in die Natur der Dinge zu schauen.
Ich gelobe, die Lebewesen und ihr Leiden zu verstehen,
Mitgefühl und liebende Güte zu entwickeln
und Freude und Gleichmut zu üben.

Ich gelobe, morgens einem Menschen Freude zu bereiten
und nachmittags den Kummer eines anderen lindern zu helfen.
Ich gelobe, einfach und vernünftig zu leben,
zufrieden mit nur wenig Besitz,
und meinen Körper gesund zu erhalten.

Ich gelobe, alle Sorgen und Ängste loszulassen,
um unbeschwert und frei zu sein.

Ich bin mir bewußt, daß ich meinen Eltern viel verdanke,
meinen Lehrern, Freunden und allen Wesen.
Ich gelobe, ihr Vertrauen zu erfüllen
und von ganzem Herzen zu üben,
so daß Verständnis und Mitgefühl erblühen
und ich den Lebewesen helfen kann,
von ihrem Leid frei zu werden.

Mögen der Buddha, das Dharma und die Sangha
meine Bemühungen unterstützen.

[Die deutsche Fassung dieses Gedichtes wurde dem Buch *Der Klang des Bodhibaums,* Theseus Verlag 1995, entnommen; es wurde von Martina Bartel übersetzt.]

GEHMEDITATION

Nimm meine Hand.
Wir werden gehen.
Wir werden einfach nur gehen
und uns an unserem Spaziergang erfreuen,
ohne daran zu denken, irgendwo anzukommen.
Friedvoll gehen.
Glücklich gehen.
Unser Gang ist ein Friedensmarsch.
Unser Gang ist ein Gang der Glückseligkeit.

Dabei merken wir,
daß es gar keinen Friedensmarsch gibt,
daß Frieden Gehen ist,
daß es keinen Marsch der Glückseligkeit gibt,
daß Glückseligkeit das Gehen ist.

Wir gehen für uns selbst.
Wir gehen für alle,
stets Hand in Hand.

Gehen und den Frieden berühren in jedem Augenblick.
Gehen und die Glückseligkeit berühren in jedem Augenblick.
Jeder Schritt bringt eine frische Brise.
Jeder Schritt läßt eine Blume erblühen unter unseren Füßen.
Küß die Erde mit deinen Füßen.
Hinterlasse auf der Erde den Abdruck
deiner Liebe und Glückseligkeit.

Die Erde wird sicher sein,
wenn wir in uns genügend Sicherheit verspüren.

JEDER SCHRITT

Durch das verlassene Tor,
voller reifer Blätter
folge ich dem kleinen Pfad.
Die Erde ist rot wie die Lippen eines Kindes.
Plötzlich
werde ich mir
jedes meiner Schritte
bewußt.

KUCKUCKSTELEFON

Die Kuckucke halten ihre Verabredung ein.
Die Hügellandschaft tankt Wärme auf.
Laut erklingt das Telefon von Hügel zu Hügel.
Der sanfte Frühlingsregen dringt ein
in den Erdboden meiner Seele.
Ein Samen, der lange Zeit tief in der Erde lag,
lächelt einfach nur.

Du kamst gerade zu Besuch.
Deine Reisetasche ist zur Hälfte mit Mondlicht gefüllt.
Das Spinatblatt ruft nach dem Basilikum-Samen.
Jetzt ist da mehr Grün als Rot.
Üppig zeigt sich die Vegetation.
Die Glocke ruft.
Unsere Füße küssen die Erde.
Unsere Augen umarmen den Himmel.
Wir gehen voller Achtsamkeit.

Zehntausend Leben kann man in einem Augenblick erkennen.
Es ist noch immer Frühling,
wenn alles sich so schnell manifestiert.
Der Schnee sieht jetzt grün aus.
Und Sonnenschein fällt wie Schnee.

Jedesmal wenn ich Plum Village zu einer Frühjahrsreise verlasse, erinnere ich meine Freundinnen und Freunde daran, daß im Frühling das Rufen der Kuckucke mein Telefonanruf ist. Und da wir in Plum Village immer Telefon-Meditation praktizieren, indem wir bewußt atmen, wenn das Telefon klingelt, halten meine Freundinnen und Freunde stets inne und atmen tief, wenn sie den Schrei der Kuckucke hören.

Eine Freundin, ein Freund, die oder der ohne Mondlicht in der Reisetasche erscheint, ist zu beschäftigt. Wenn du solch eine Freundin oder einen Freund siehst, frage sie oder ihn: „Hast du etwa Mondlicht in deinem Gepäck?" Das wäre dann eine Glocke der Achtsamkeit.

Wenn du die üppige Vegetation im Frühling betrachtest, dann weißt du, daß auch der Schnee, den du im Winter gesehen hast, Teil dessen ist. Du kannst den Schnee sehen, wie er einen grünen Mantel trägt. Es war der Sonnenschein, der dazu beitrug, daß das Wasser des Ozeans in Gestalt von Wolken zum Himmel gelangte, so daß man den Sonnenschein im fallenden Regen oder Schnee erkennen kann. Wenn der Schnee fällt, siehst du auch den Sonnenschein fallen.

ERDBERÜHRUNG

Hier ist der Fuß eines Baumes.
Hier ist ein leerer, ruhige Platz.
Hier ist ein Kissen.
Bruder, setz dich doch hin!

Sitz aufrecht.
Sitz mit Festigkeit.
Sitz voller Frieden.
Laß dich nicht von deinen Gedanken davontragen.
Sitz so, daß deine Schenkel die Erde berühren.
Sei eins mit ihr.
Vielleicht möchtest du lächeln, Bruder.
Die Erde wird ihre Festigkeit auf dich übertragen,
ihren Frieden, ihre Freude.
Durch dein achtsames Atmen,
dein friedvolles Lächeln wird es dir gelingen,
die Mudra der Erdberührung aufrechtzuerhalten.

Es gab Zeiten, da dir das nicht so gut gelang.
Auf der Erde zu sitzen war, als schwebtest du in der Luft,
Du, der du in der dreifachen Welt im Kreise liefst
und hineingesogen wurdest in den Ozean der Illusion.
Aber die Erde ist stets geduldig
und hat ein ungeteiltes Herz.
Die Erde wartet noch immer auf dich,
denn sie hat schon auf dich gewartet
während der letzten Trillionen von Leben.
Deshalb kann sie jegliche Zeitspanne warten.
Sie weiß, daß du eines Tages
zu ihr zurückkehren wirst.
Sie wird dich willkommen heißen,
frisch und grün,
so wie beim ersten Mal,
weil Liebe niemals sagt: „Das ist das letzte Mal."

Die Erde ist eine liebende Mutter.
Nie wird sie aufhören, auf dich zu warten.

Kehr zu ihr zurück, Bruder.
Du wirst sein wie dieser Baum.
Die Blätter, die Äste, die Blumen deiner Seele
werden frisch und grün sein,
wenn du einmal die Mudra der Erdberührung einnimmst.

Der leere Pfad heißt dich willkommen, Schwester.
Er duftet nach Gras und kleinen Blumen –
dieser Pfad, von Reisfeldern gesäumt,
die noch die Spuren deiner Kindheit tragen
und den Geruch von Mutters Hand.
Schreite gemächlich, friedvoll.
Deine Füße sollten die Erde tief berühren.
Laß deine Gedanken dich nicht davontragen, Schwester.
Kehre jeden Moment auf den Pfad zurück.
Der Pfad ist deine beste Freundin.
Sie vermittelt dir
ihre Festigkeit,
ihren Frieden.

Atmest du tief, so hältst du die Mudra der Erdberührung aufrecht.
Gehe so, als küßtest du die Erde mit deinen Füßen,
als massiertest du sie.
Die Spuren, die deine Füße hinterlassen,
werden wie königliche Siegel sein,
die nach dem Jetzt rufen, damit es zum Hier zurückkehre,
auf daß das Leben gegenwärtig sei;
damit das Blut die Farbe des Lebens in dein Gesicht trägt;
damit sich die Wunder des Lebens offenbaren
und alle Verstrickungen sich verwandeln
in Friede und Freude.

Es gab Zeiten, da dir das nicht so gut gelang, Schwester.
Wenn du auf dem leeren Pfad wandeltest,
schwebtest du in der Luft,
weil du dich stets in Samsara verlorst
und hineingesogen wurdest in die Welt der Illusion.
Aber der schöne Pfad ist stets geduldig.
Er wartet immer auf deine Rückkehr,
dieser Pfad, der dir so vertraut ist,
der Pfad, der so treu ist.
Er weiß ja, daß du eines Tages
zurückkehren wirst.
Voller Freude heißt er dich willkommen,
so frisch und schön wie beim ersten Mal.
Liebe sagt nie, dies ist das letzte Mal.

Der Pfad bist du, meine mir so vertraute Schwester.
Deshalb wird er des Wartens nie müde.
Ob er jetzt bedeckt ist mit rotem Staub,
mit Herbstblättern
oder eisigem Schnee –
kehre auf den Pfad zurück, Schwester,
denn ich weiß,
du wirst sein wie dieser Baum –
die Blätter, der Stamm, die Äste
und die Blüten deiner Seele
werden frisch und schön sein,
wenn du einmal die Mudra
der Erdberührung eingenommen hast.

ATMEN

Ich atme ein
und sehe mich als Blume.
Ich bin die Frische
eines Tautropfens.
Wenn ich ausatme,
sind meine Augen zu Blumen geworden.
Bitte schau mich an.
Ich schaue mit den Augen der Liebe.

Atme ich ein,
so bin ich ein Berg,
stets voller Ruhe,
unbeweglich,
lebendig,
voller Kraft.
Atme ich aus,
fühle ich mich fest.
Die Wogen der Gefühle
können mich niemals davontragen.

Atme ich ein,
so bin ich stilles Wasser.
Ich reflektiere den Himmel
getreulich.
Schau nur, in meinem Herzen
habe ich einen Vollmond,
den erquickenden Mond des Bodhisattva.
Atme ich aus,
schenke ich den vollkommenen Widerschein
meines Spiegel-Geistes.

Atme ich ein,
so werde ich zu Raum
ohne Grenzen.
Ich habe keine Pläne mehr.
Ich bin ohne Gepäck.
Atme ich aus,
so bin ich der Mond,
der durch den Himmel der vollkommenen Leere schwebt.
Ich bin Freiheit.

DER WEG ÖFFNET SICH WEIT

Ihr Haar, von der Farbe kostbaren Holzes,
wird jetzt als Räucherwerk geopfert.
Schönheit wird zu Ewigkeit.
Wie wunderbar ist es, sich der Vergänglichkeit
bewußt zu werden!

Weil alles wie ein Traum ist,
ist der wahre Geist bestrebt, den Weg zu weisen.
Sie hat der Stimme der steigenden Flut gelauscht
und Schritte getan auf das Nicht-Bedingte zu.

Heute morgen singt der Wind am Hang des Gridhrakuta.
Der Geist ist an nichts mehr gebunden.
Es erklingt nun das Lied der wundervollen Lehre;
ihr Duft ist die Essenz der Wahrheit.

In vergangenen Zeiten wusch sie ihr Haar
mit Blütenwasser
und trocknete es in der duftenden Brise des Spätnachmittags.
Heute morgen empfängt sie den Bodhi-Nektar,
auf daß der Geist der Erleuchtung in seiner Ganzheit erscheine.

Fünfundzwanzig Jahre lang
hat sie täglich Opfergaben der Liebe
mit ihren Händen dargebracht.
Mitgefühl hat nie aufgehört, in ihrem Herzen zu wachsen.

Heute morgen werden ihr die Haare geschoren.
Der Weg öffnet sich weit.
Leid und Illusion, obgleich ohne Grenzen,
sind völlig beendet.

Ein Herz kann die Welt
in allen zehn Himmelsrichtungen berühren.

Dieses Gedicht schrieb ich für Schwester Châ Không an dem Tag, als sie sich am Gridhrakuta-Berg ihre Haare schor, um Nonne zu werden.

NACHWORT DER ÜBERSETZERIN

Eine Übersetzung in eine andere Sprache setzt sowohl ein hohes Maß an Verantwortung und Treue dem Text gegenüber voraus als auch ein Bemühen, dabei sprachliche Schönheit und Geläufigkeit im Auge zu behalten. Übersetzen ist immer ein kreativer Prozeß, in gewissem Sinne ein Neu-Erschaffen: Bildhauerei an der Sprache. Wieviel mehr gilt dies für einen Lyrik-Text – für die Prosa-Gedichte Thich Nhat Hanhs, diesem großen Lehrer und Poeten!

Freude war da über die Aufgabe, diese Gedichte in die deutsche Sprache zu übertragen, wohl wissend, daß im Deutschen so manches „nicht machbar" ist, was im Englischen durchaus nicht kitschig klingt – manchmal eine Gratwanderung, ein Ringen darum, die Strahlkraft und Genauigkeit der Bilder im Deutschen wiedererstehen zu lassen.

Sehr berührt hat mich die tiefe Liebe und Güte, die Thich Nhat Hanh in all seinen Gedichten, selbst in den aufrüttelnden und teilweise fast surreal wirkenden Versen, durchscheinen läßt. Manchmal war es auch eine Arbeit unter Tränen – Tränen der Bewegtheit, auch der Traurigkeit und des Zorns über das große Leid, das Thich Nhat Hanh in seinen Gedichten beschreibt.

„Die Botschaft,
jene Botschaft der Liebe und des Verstehens,
hat uns wirklich erreicht",

schreibt Thich Nhat Hanh im ersten Gedicht dieser Sammlung. Ich wünsche mir sehr, daß der vorliegende Band diese Botschaft in einer Weise vermittelt, daß sie Wirkung zeigt in einer Welt, die auch voller Haß und Gewalt ist.

Berlin, im Februar 1997 *Karen Siebert*

Achtsam leben

Thich Nhat Hanh
Lächle deinem eigenen Herzen zu
Wege zu einem achtsamen Leben
Band 4370

Thich Nhat Hanh
Schlüssel zum Zen
Der Weg zu einem achtsamen Leben
Mit einer Einführung von Philip Kapleau
Band 4570

Thich Nhat Hanh
Zeiten der Achtsamkeit
Band 4492

Thich Nhat Hahn
Schritte der Achtsamkeit
Eine Reise an den Ursprung des Buddhismus
Das Buch zum Film
Hrsg. von Thomas Lüchinger
Band 4720

Dhammapada – Die Weisheitslehren des Buddha
Mit einem Vorwort von Thich Nhat Hanh
Aus dem Pali neu übertragen von Bernhard Schiekel
Band 4665
„Wohl der beste Leitfaden zu den Grundgedanken des Buddhismus, den man überhaupt finden kann" (Thomas Cleary).

Dalai Lama
Tod und Unsterblichkeit im Buddhismus
Über die Buddha-Natur
Vorwort von Václav Havel
Band 4555

Dalai Lama
Der Friede beginnt in dir
Wie innere Haltung nach außen wirkt
Band 4451

Die moderne Auslegung der wichtigsten Lehren über den Weg zu innerem und äußerem Frieden. Einer der schönsten Texte des Buddhismus.

Dalai Lama/Jean-Claude Carrière
Die Kraft des Buddhismus und der Zustand der Welt
Bewußter leben in der Welt von heute
Band 4463

Westen und Osten begegnen sich im Dialog, lebendig, erzählerisch, informativ – und zukunftsorientiert.

Dalai Lama
Sehnsucht nach dem Wesentlichen
Die Gespräche in Bodhgaya
Band 4229

Menschen aus allen Kulturkreisen haben den Friedensnobelpreisträger aufgesucht und neue Impulse für ihr spirituelles Leben gewonnen.

Dalai Lama
Zeiten des Friedens
Band 4065

Einer der großen geistigen Führer unserer Zeit gibt der Sehnsucht nach Frieden wichtige spirituelle Impulse.

Dalai Lama
Mitgefühl und Weisheit
Ein großer Mensch im Gespräch mit Felizitas von Schönborn
Band 4288

In diesem Gespräch wird die Botschaft des Dalai Lama – auch zur weltpolitischen und ökologischen Lage – plastisch und begreifbar wie nie zuvor. Das Tor zum tibetischen Buddhismus.

Perle Bessermann
Zen oder die Kunst, das Leben zu meistern
Band 4657

Geschichten aus dem Alltag, in denen es immer wieder um die Erfahrung geht, daß man in einer Situation „feststeckt". Und plötzlich zeigt sich: Es tun sich überraschende Lösungsmöglichkeiten auf.

Maha Ghosananda
Wenn der Buddha lächelt
Frieden finden – Schritt für Schritt
Vorwort von Jack Kornfield
Band 4544

In den Texten des bekannten Friedensstifters geht es um Einfachheit und Achtsamkeit, um Zorn und Liebe.

Daisetz Teitaro Suzuki
Das Zen-Koan – Weg zur Erleuchtung
Mit einem Vorwort von Janwillem van de Wetering
Band 4452

Koans sind Rätsel, die jeder für sich löst. Sie können zeigen, wer wir wirklich sind. Die klassische Einführung.

Alan Watts
Leben ist jetzt
Der östliche Weg der Befreiung und die Verwandlung des Selbst
Band 4622

Die tiefe Erfahrung östlicher Religionen: wer sich mit dieser Denkweise vertraut macht, wird eine tiefere Heiterkeit auch in sich selbst entdecken.

David Steindl-Rast
Staunen und Dankbarkeit
Der Weg zum spirituellen Erwachen
Band 4424

Daisetz T. Suzuki
Der Buddha der Liebe
Herzensgüte im Zen-Buddhismus und christlicher Glaube
Mit einer Einführung von Michael von Brück
Band 4576

Daisetz Teitaro Suzuki
Das Zen-Koan – Weg zur Erleuchtung
Mit einem Vorwort von Janwillem van de Wetering
Band 4452

Henrry Mittwer
Zauber der Blumen – Ritual der Schönheit
Ein Weg des Zen
Band 5014

Den subtilen Zauber der Blumen im eigenen Alltag entfalten. Lernen von der einfachen Schönheit der Natur.

Jack Kornfield / Christina Feldman
Geschichten, die der Seele gut tun
Band 5013

Inspirierende Weisheitsgeschichten aus aller Welt, voll innerer Heiterkeit. Von zwei bekannten Meditationsmeistern im Blick auf heutige Fragen zusammengestellt.

Marco Aldinger
Bewußtseinserheiterung
Weisheitsgeschichten
Band 5020

„Ein brillantes, geistreiches Wort-Feuerwerk, das zu lesen ein Vergrüngen ist.“ (Esotera)